大学，

不是我在最好的时光里遇到了你，

而是遇到你才是我最好的时光。

张 杰 著

十年筑梦录

张杰演讲集

上海交通大学出版社
SHANGHAI JIAO TONG UNIVERSITY PRESS

图书在版编目（CIP）数据

十年筑梦录：张杰演讲集/张杰著.—上海：上
海交通大学出版社，2022.8

ISBN 978-7-313-21483-6

Ⅰ.①十… Ⅱ.①张… Ⅲ.①演讲-中国-当代-选
集 Ⅳ.①I267

中国版本图书馆CIP数据核字（2019）第133705号

十年筑梦录：张杰演讲集

SHI NIAN ZHUMENG LU: ZHANG JIE YANJIANGJI

著　　者：张　杰

出版发行：上海交通大学出版社　　　　　地　　址：上海市番禺路951号

邮政编码：200030　　　　　　　　　　　电　　话：021-64071208

印　　制：上海盛通时代印刷有限公司　　经　　销：全国新华书店

开　　本：880mm×1230mm　1/32　　　印　　张：7.75

字　　数：134千字

版　　次：2022年8月第1版　　　　　　印　　次：2022年8月第1次印刷

书　　号：ISBN 978-7-313-21483-6　　电子书号：ISBN 978-7-88941-532-3

定　　价：58.00元

版权所有　侵权必究

告读者：如发现本书有印装质量问题请与印刷厂质量科联系

联系电话：021-37910000

作者简介

　　张杰院士，上海交通大学讲席教授，物理学家，教育家。现任中国物理学会理事长，中共十七届、十八届中央委员会候补委员，第十三届全国政协常务委员。兼任中国香港特区研究基金委员会（RGC）委员，新加坡国家研究基金理事会海外专家委员等。

　　2003年当选中国科学院院士，2007年当选德国国家科学院院士，2008年当选发展中国家科学院院士，2011年当选英国皇家工程院外籍院士，2012年当选美国国家科学院外籍院士，2014年获得国家级教学成果奖一等奖，2015年获得美国核学会爱德华·泰勒奖章，2018年获得香港求是科技成就集体奖，2021年获得未来科学大奖－物质科学奖。

在2006年11月至2017年2月期间任上海交通大学校长。在其任校长10年期间，他提出并推进实施了以制度激励为核心的现代大学治理体系的建设，在创新人才培养、科学技术创新、文化传承创新和社会服务创新方面推进了系统的综合改革，极大地激发了全体师生的激情与梦想。在全体交大人的共同努力下，上海交大成为发展最快的大学之一，在建设世界一流大学的各项事业上取得了令人瞩目的成就。

曾获香港城市大学（2008）、英国女王大学（2010）、加拿大蒙特利尔大学（2011）、美国罗切斯特大学（2013）等大学的荣誉博士学位。

序

前不久收到我的至交张杰院士邮寄来他任交大校长期的讲演集书稿，甚感欣喜。

张杰院士曾是负责中美两国高能物理合作的中方团长，我与他有多年的交情。他在专业领域的造诣，对中国科学与高等教育发展的卓识和信心，在待人和接物中自然而生的朝气诚意，都给我留下极深刻的印象。像我的忘年至交，这是我将珍藏的科学文献，研究手稿、讲义和科艺作品。奖章证书包括诺贝尔奖章等及上海家的房产全捐献给交大的重要因素。在国家和上海市的大力支持下，在时任校长张杰院士的领导和亲自推动下，李政道图书馆在交大成功建成，得以启迪励志，激动后学；与此同时，若政基金和李政道科艺基金等活动也在交大乃至全国产生更大的影响。后来，在多方协调和努力下，李政道研究所正式成立。

在就任交大十年校长期间，张杰院士充满了活力、推动各项改进；他以科学家的严谨和实干精神推动各项进步，亲力亲为，建立各项改进。虽然我在异地，亦有所知。可贵的是，在他全力推动学校各项工作的同时，始终如一地将对学生心理成长的引导放在大学教育最重要的位置。

记得十几年前我在交大参加"大师讲坛"

的时候,学生们都亲切地喊"杰哥",由此可知学生们的真心喜爱和情感.尤其是他在开学和毕业时的讲演稿,汇集成册,惠及更多的青年。

我一生最重要的机遇是在很年轻时很幸运地遇到三位重要老师.他们直接地影响了我以后工作和成果.对即将入大学和刚进大学的年轻学子.这部讲集也可能是重要老师之一.因为地既是张杰老师在交大十年的筑梦录.你可能成为您的未来追求航标.

李政道

二〇二〇年十二月

于美国旧金山

李政道先生序

　　前不久收到我的至交张杰院士邮寄来的他任交大校长期间的讲演集书稿，甚感欣喜。

　　张杰院士曾是负责中美两国高能物理合作的中方团长。我与他有多年的交情。他在专业领域的造诣、对中国科学与高等教育发展的卓识和信心，在待人和接物中自然而生的朝气诚意，都给我留下极深刻的印象，系我的忘年至交。这是我将珍藏的科学文献，研究手稿，讲义和科艺作品，奖章证书包括诺贝尔奖章等及在上海的房产全捐献给交大的重要因素。在国家和上海市的大力支持下，在时任校长张杰院士的领导和亲自推动下，李政道图书馆在交大成功建成，得以启迪励志，激励后学；与此同时，筹政基金和李政道科艺基金等活动也在交大乃至全国产生更大的影响。后来，在多方协调和努力下，李政道研究所亦正式成立。

　　在就任交大十年校长期间，张杰院士充满了活力，推动各项改进；他以科学家的严谨和实干精神推动各项进步，亲力亲为，实施各项改进。虽然我在异地，亦有所知。可贵的是，在他全力推动学校各项工作的同时，始终如一地将对学生心理成长的引导放在大学教育最重要的位置。

　　记得十几年前我在交大参加"大师讲坛"的时候，学生们都亲切地喊他"杰哥"，由此可知学生们的真心喜爱和情感。尤其是他在开学和毕业时的讲演稿，汇集成册，能惠及更多的青年。

　　我一生最重要的机遇是在很年轻时很幸运地遇到三位重要老师。他们直接地影响了我以后工作和成果。对即将入大学和刚进大学的年轻学子，这部演讲集也可能是重要老师之一。因为它既是张杰老师在交大十年的筑梦录，亦可能成为您的未来追求航标。

李政道

二〇二〇年十二月

于美国旧金山

姚明序

2011年，我从张杰校长手中接过上海交通大学的录取通知书，得以在而立之年重返校园，追逐儿时的梦想，完成对父母的承诺。

张杰校长给人的第一印象是儒雅睿智、充满理想的大学者。在交大求学期间，我在课堂内外总会听到同学们亲切地称呼其为"杰哥"；也时常有同学拿出手机向我"炫耀"他们与杰哥的合影，背景往往是校园内的体育赛事、文艺活动，甚至是深夜的校园……在交大百廿校庆之际，杰哥和我还"同台"出演了相声微电影《交大不止于读书》。在那个相声中，我告诉"路人甲"，交大课程大体可分为两类，一类是高等数学，另一类是"其他课程"；杰哥则在距离主校区25公里的"交通大学"地铁站，现场回答了"路人乙""怎么去交大"的问题：努力学习就能去交大！张校长能够从繁忙的工作中，抽出那么多时间深入到同学们的日常生活中，难怪至今仍然有许多关于杰哥的传奇故事在交大学子中流传。

张杰校长掌舵交大这艘百年巨轮十年有余，这十年也是交大的社会影响力提升速度最快的历史时期之一。如今交大出版社准备将他十年内对交大师生的数十次讲演汇编成书，用文字附视频的形式记录他关于自然世界和人类社会的思考，讲述他对于交大师生的期望，以飨读者。作为昔日的学子、今日的校友，我有幸受邀与李政道先生等泰斗级人物一起撰写序言，实在荣幸之至。但我也深知，张杰校长的经历绝不是这数十篇文章就能囊括的。

大学不仅是人类文明的传承者和知识创新的发源地，也是承载我们一段记忆的家园。我相信，张杰校长的《十年筑梦录》会为你的科学探索、诗与远方的筑梦之路指明方向。

二〇二一年十一月

目 录

第2篇　交大情结

第3篇　人文之光

第4篇　变与不变

番外篇

延伸阅读

开篇自序

十年寒暑，百廿沧桑。

如果把120年的光阴，比作交大钟楼上时钟的一圈，

那么十年光阴不过是其中小小的一格。

它虽短暂，却是我人生中最宝贵、

最热烈、最不舍的十年！

不忘初心　感恩交大
——2017 年告别演讲

2017年告别演讲
2017/2/23

　　此时此刻，我不禁想起了 2006 年 11 月 27 日。那一天我从谢绳武校长手中接过接力棒，正式成为一名交大人，并从此开始了我的交大梦。当时我向大家做出了庄严承诺：我要在校党委领导下，与党政班子、院系领导、学术骨干和广大师生医务员工共同努力，将交大建成一所无愧于百年历史、无愧于上海这座城市、无愧于我们祖国和我们这个伟大时代的世界一流大学。

　　那时，世界一流梦在许多人看来还比较遥远。然而，有党的坚强领导，有国家全力支撑，有我们全体交大人同心同德、奋发图强，十年后的今天，交大已经前所未有地接近了"世界一流"的梦想。

我们坚持立德树人，确立了"三位一体"的人才培养理念，构建了"基础学科拔尖人才"和"平台式宽口径教育"的创新人才培养体系。学校财政总收入从31亿增长到超过百亿，科研总经费从11亿到突破30亿，文科科研经费从1 600多万跃升到1.2亿，SCI论文从2 000多篇增加到6 000多篇，高居全国大学榜首，自然科学基金项目连续七年保持全国第一，ESI万分之一学科取得历史性突破，9个学科跻身QS排名世界50强。交大面向世界科技前沿，面向国家重大需求，面向国民经济主战场，面向全民健康和未来科技革命，正在大踏步走向世界百强，并将为中华民族的伟大复兴乃至人类社会的文明进步做出世界一流的创新性贡献！

回顾十年经历，不禁感慨万千。记得当年到任不久，我即率团出访一所世界一流大学。然而万万没有料到的是，我们在那里经受了一次难忘的冷遇。彼时的交大，各方面均落后于对方。国际合作交流凭实力说话，当时我和出访的同事都憋着一口气，发誓一定要早日建成世界一流大学，用实力赢得世界的认可。有意思的是，2016年当我再度率团访问这所大学时，同样没有料到，该校校长专门清空所有日程，亲率其他校领导和各级办学骨干，在接待最重要外宾的报告厅，花了整整一个上午听我们分享了交大十年来的发展经验；下午，该校校长又与我们达成了面向未来、共同发展的合作计划。

自尊首须自强。十年间世界目睹了交大国际地位的快速提高，学术影响力大幅攀升。就在去年，交大牵头举办了中国C9高校与英国罗素集团研究型大学联盟圆桌会议，与新加坡国立大学联合举办全球高校领导力革新峰会，发起并代表中国C9高校与世界主要研究型大学联盟共同签署《上海宣言》，向全世界展示了中国特色的创新型大学发展道路，彰显了中国话语权。交大人殚精竭虑、励精图治，向世界证明了自己。我为我和交大人一起奋斗过的日日夜夜感到由衷的骄傲，庆幸自己能够在交大这个奋发有为的大家庭中，度过我人生中重要的十年。

十年来，我时刻不曾忘怀自己的责任，不敢辜负党和国家的重托。交大人思源致远的品格、勇于担当的精神、无私奉献的境界，无时不在召唤和激励着我。身为交大人，我深知交大精神的可贵。正是感恩、责任、激情与梦想，成就了像我一样成千上万的交大人。

十年来与交大的老师们朝夕相处，交大梦就在这片人才沃土上升华光大。交大师资队伍建设经历了引育并举"三步走"改革，多维发展、多元评价的人才成长体系已经建立。目前

（上海交大闵行校区全景，周思未摄）

长聘体系师资总数已逾700人，占专任教师队伍的四分之一；
1 616人次SMC－晨星青年学者，迅速成长为交大明天的栋
梁；交大教师中有113人次在重要国际学术组织任fellow，师
资队伍的国际认可度不断提高。交大一流师资队伍建设的理念
与实践为世界瞩目。国际著名学术期刊《自然》杂志多次相邀并
郑重刊发了交大经验。全校已然形成共识，交大梦根基在人才。
交大正在成为一个近者悦而尽才、远者望风而慕的人才乐土。

十年来，交大为国家和社会培养了93 291名优秀人才。交大的老师们守候学生成长，师生间情谊深厚。"杰哥"是学生们对我的称呼，也是他们对平等沟通交流的朋辈校长的一种期许和鼓励。十年来，我总是把同学们当成自己的朋友。我最喜欢走到同学中间，悄悄地坐在课堂里、食堂里、图书馆里，感受同学们的喜怒哀乐。参与和陪伴，让我对交大的同学们有了更深入的了解，学校也为同学们的自主成长成才创造环境，提供激励。拔尖创新人才培养的模式辐射全校，享誉海外。每一次开学和毕业典礼，科学精神和人文情怀根植于交大学子内心。寒来暑往，春华秋实。我感觉自己和同学们还有很多话想说而没来得及说，不知不觉却已到了离任的时刻。不过我相信，告别并不意味着结束，而是一轮新的开始。交大师生的情感纽带，必将永续且历久弥新。

十年间交大校园旧貌换新颜，既建起了大楼，也建设了文化。钱学森图书馆、李政道图书馆拔地而起，成为交大人的精神家园和科学殿堂，致远游泳馆人流如织，健步道蜿蜒曲折，赛艇道碧波荡漾，思源湖青草萋萋，植物园绿树成荫，教学、科研、宿舍楼群中穿插着院士墙、咖啡馆……然而这里面最重要的，或许是置身其间的每一个交大人，心中都多了一份爱——爱这里的一草一木，爱这里的人生篇章，爱这里曾经催

（钱学森图书馆，来自"视觉交大"）

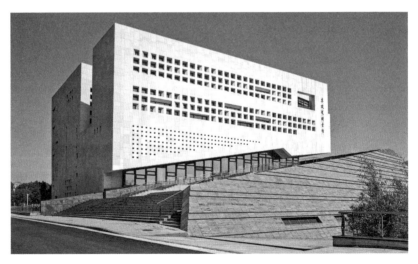

（李政道图书馆，邬根宝摄）

生出的创新、创意、激情和梦想。交大人将在这里留下最美好的岁月。这里是交大人魂牵梦萦的故乡！

十年寒暑，百廿沧桑。如果把120年的光阴，比作交大钟楼上时钟的一圈，那么十年光阴不过是其中小小的一格。它虽短暂，却是我人生中最宝贵、最热烈、最不舍的十年！交大是一所伟大的大学。交大成就了我的梦想。有机会在这里工作，把我人生中精力最充沛的年华奉献给交大，是我一生的幸运和荣光。

十年甘苦，割舍不下的是温情。如果时光能够倒流，我一定会把经历过的每一件事都做得更加圆满。我希望留在大家记忆中的是阳光和真情的"杰哥"，而不是为了工作有时不得不板起面孔的校长。我想把交大校园每个角落都多走几遍，把一草一木都记在心里。我希望每一个阳光灿烂的日子，有更多的师生和我一起奔跑、一起欢笑……你们永远是我的牵挂。交大是我永远的故乡。

百廿交大正在开启新的航程。交大人的梦想终将实现。未来一定更加美好。不忘初心，感恩交大！祝福每一位交大人！

谢谢大家！

第 **1** 篇

新生课堂

一所伟大的大学必将给我们更多精神上的自由，

必将改变我们的人生和命运。

她让我们重新审视自己的内心，

去探寻人生的本真追求；

也让我们重新审视自己与他人的关系，

去寻找真正的思想伙伴；

更让我们重新审视自己与大学的关系，

去追寻独立自由的人生。

这就是大学之于人生和世界的意义。

大学，重新定义你的人生
——2016级新生开学典礼演讲

2016级新生开学典礼演讲
2016/9/11

亲爱的2016级同学们：

大家好！

今天，我们相聚在这里，共同庆祝你们人生中具有重要意义的一天。进校前后，相信大家已经感受到来自交大这个大家庭的温暖。在你们进校前，你们的学长就启动了"助飞计划"，1 165名志愿者从交大奔赴五湖四海，来到你们的身边，为3 000多名本科新生介绍交大、答疑解惑，开启了你们的大学生活。到校后，当你们在5 000亩的霸气校园探索时，惊奇地发现交大除了7个各具特色的图书馆、10多个南北风味的食堂、近20个校内免费公交站点、500多间空调教室之外，还有科学与艺术交融的"诺贝尔山"、四季长春的"植物园"、曲径通幽的"健步道"、高端大气的"游泳健身馆"以及全国高校第一条"赛艇道"……

同学们，交大的校园里，还有更多你们意想不到的人和风景等待着你们去发现、去探寻。大学与中学之不同，不仅在于空间更加宏大、设施更加精良，更在于她的开放、自由、多元与包容。她为所有胸怀梦想的人探究真理提供了无尽的可能，也为各有特长的人相互学习提供了充分的机会。同学们，不管你们之前对大学抱有什么样的梦想和期待，今天迎接你们的一定是一个崭新的开端。从此刻起，让我们整理思绪，重新定义你的学习生活，你与他人的关系，以及你与大学的关系。

其一，重新定义你的学习生活。你们一路走来，勤奋刻苦、心无旁骛，早已练就了学习、学习、再学习的强大能力。我相信，在你们过去的生活中，"学习成绩优异"曾是你们最重要的标签。现在，排排坐的书桌消失了，一天八节的课表消失了，老师和父母的耳提面命也消失了，取而代之的是自己选择课程，自己寻找实验室，自己分配时间。适应这些重要的变化，你需要重新定义你的学习生活。

上了大学，知识获取的方式将由被动接受转为主动探究。学习不再是一块敲门砖，而是一条自我追求、自我修炼的途

（周思未摄）

径。学习的目的在于满足自己对世界的好奇，自发地追求自己的兴趣，从而体验主动探究带给你的快乐。

在这里，我想和大家一起分享一位你们师兄的故事。他叫黄金紫，是交大致远学院2013届毕业生。前段时间，他有一项研究成果引起了媒体的广泛关注。"一根棒棒糖可以舔多少次？"黄金紫运用数学建模方法进行论证，模拟研究了自然界的溶解过程，最终发现直径1厘米左右的棒棒糖，大约需要1 000次才能舔完，并荣获具有中国版搞笑诺贝尔奖之称的"菠萝科学奖"。

黄金紫对棒棒糖的研究源于他对于固体向流体转化过程的着迷。他试图通过这一研究寻找和破解固体在水流中溶解的规律。能有这样的研究灵感，还得从黄金紫的大学生活说起。黄金紫本科期间，曾因找不到研究兴趣而迷茫，通过学校开放包容的环境，他得以在不同的实验室进行"轮换"。他先后在机械工程实验室、激光等离子体实验室、计算神经网络实验室等参与学长的研究，直到最后在张何朋老师的软物质实验室，看到小机器人在黏稠糖浆中游泳，黄金紫才终于找到了令他心醉神迷的探究兴趣。正是这样一种兴趣，让他锲而不舍、持之以恒。黄金紫说："不舍、持之以事物。空中的雨点、水面的波涛都能够激起我内心深处的回音。学习和研究就是我所享受的大

（周思未摄）

学生活的一部分——它们之于我的作用就是满足我不断增长的好奇心。"对棒棒糖的研究就是他这番话最好的证明。

现在的黄金紫在流体力学研究的发源地——纽约大学的柯朗数学科学研究所攻读博士学位，继续从事他所喜爱的研究。黄金紫的经历告诉我们，大学的学习不再是按部就班完成学习任务的苦旅，而是自主探究世界的快乐。大学是知识探究、能力建设和人格养成的场所，大学的目的，不是为了追逐功名、趋利避害，而是为了学会分辨和体察，探索事物的本源，在更高层面上追求自我价值的实现。唯有找到心之所爱，才能够发现更广阔的天地。正是那种不断追求与探索的乐趣，不断探究自然奥秘和社会规律的愉悦，才能带给自己的心灵最大的满足。

其二，重新定义你和他人的关系。大学不仅是知识的圣殿，也是人才的高地。大学把一群极具创新追求的教师和一群极具创新潜质的学生集聚在一起，让大家的创造力互相激发，进而锻造出彼此终身受益的创新能力和智慧。上了大学，你不仅需要独立自主地探索未知，而且需要重新定义你与他人的关系：不仅要尝试结交终生的朋友，更要学会不同的思维方式，在与老师、同学的讨论与对话中相互启发、共同成长；既要学会付出与合作，又要学会求助与竞争，在影响他人的同时，成就更好的自己。

在咱们的学校，有一支王者之师，那就是ACM团队，三次夺得被称为"世界上最聪明人比赛"的ACM国际大学生程序设计大赛的全球总冠军，成绩世界瞩目。在ACM团队中一直流传着这样一个故事。有一位数学能力超群的同学来到了ACM团队，他叫陆靖，是电院1998级的学生。无论老师给他多难的题目，他总能以最快的速度解出，号称天才选手，但他总是寡言少语。老师曾试图围绕这位同学专门组织了一个队伍参加比赛，但是由于队员之间缺乏默契配合，总决赛中名落孙山，直到他遇到林晨曦同学。林晨曦不仅编程能力超强，更重要的是他非常善于沟通和交流。指导教师俞勇教授根据他们的特点，把他们和一名叫周健的同学联合组队。林晨曦的一句话重新激发了陆靖的斗志。林晨曦说："我们既然是为拿总冠军而来，就是要想别人所不敢想，为世界带来与众不同！"他们在学习和生活中，细心观察、耐心磨合、相互理解，逐渐找到心灵相通的默契。

在团队中，林晨曦的领导力和决断力保证了团队的精细分工和高效运转；陆靖专注忘我的精神境界让解题的速度势如破竹；周健一丝不苟的态度为程序设计的准确性把守好最后一道关。他们相互鼓励，相互激发，力压众多欧美顶级名校，为亚洲高校赢得第一个ACM竞赛的全球总冠军。现在的陆靖正在为中国创造自主知识产权的云计算核心技术而努力；现在的林晨曦和周健共同创业，创立依图科技，志在让人工智能影响每个人的生活。他们的互相激励还在继续，"要为世界带来与众不同"。

同学们，他们三个人的故事只是在交大人与人交往的一个缩影。无论你们身在哪个学院，选择何种专业，无论你们选择研究，还是尝试创业，放眼你们所处的环境，你们身边永远不会缺少智慧非凡、个性独特的同学和老师。只要你们用心去感受，用真情去交流，就一定会找到志同道合的同行者，收获影响你们一生的珍贵友谊。"志合者，不以山海为远。"有朝一日，当你们离开学校，大学里所结交的良师益友将决定你们未来的人生境界和人生高度！

其三，重新定义你和大学的关系。大学是接受高等教育的地方，更是大学生自由呼吸、自由成长的园地。大学提供了一个机会，让你们自主探索自己喜欢的方向，挑战自己从未接触过的领域。大学为你们的成长提供了无尽的想象，也为你们成长中的失败提供了宽容的环境。适应这个新环境，需要重新定义你和大学的关系。

我想和大家分享一位你们师姐的故事，她叫应玉清，是交大密西根学院2014届电子与计算机工程专业的毕业生。她留

（周思禾摄）

给我们一个"传奇"：不但出色完成了电子与计算机工程的学业，她的画作还入选亚洲最大的美术博物馆——中华艺术宫的展出，屡屡成为上海各类顶级艺术展中年龄最小的艺术家。从进入大学的第一天起，应玉清就将工程学的学习和绘画视作她大学生活不可或缺的两个有机组成部分。为此，她一边刻苦钻研计算机工程知识，一边又抓紧一切业余时间绘画，在艺术中表达对世界的认知。她把工程学的理解融入自己的绘画作品，让自己的绘画变得立体而富有质感，以技术使艺术如虎添翼。从大三起，应玉清的创作在沪上大小画展纷纷亮相，应玉清的名字也逐渐为美术界所熟知。

现在的应玉清已经是上海美术家群体中的一颗新星，在生活中继续着她的特色鲜明的绘画。很多人都觉得计算机工程与绘画艺术之间存在着不可逾越的壁垒，然而对应玉清而言，作为人类情感的理性表达和感性展现，科学和艺术全都通向人类对真的探索和对美的追求。

同学们，应玉清的故事听似传奇，但却在交大校园里时常上演。这里诞生过一个又一个令人振奋的故事，见证了一个又一个梦想成真的奇迹。喜欢发明的同学在这里创造了滑行输入法、胃肠道微型机器人；热爱文学的同学在这里创办了《西南风》杂志，举办了全球华语大学生短诗大赛；有志创业的同学在这里开创了"饿了么""59store"；热心公益的同学从这里出发，把力量和爱心送进了非洲、带到了南极；爱好艺术的同学在这里创办了绿洲音乐节，演出了一场场精彩纷呈的相声剧……我相信，交大的故事远不止于此，为之续写新篇的正是你们！

大学，就是一个尊重你们个性需求、鼓励你们个性表达、帮助你们个性成长的地方。亲爱的同学们，立足梦想的热土，不要被动地等待和接受安排，不要畏惧失败，要主动追求有所作为，挑战你们感兴趣的问题，投身你们所喜爱的领域，展开想象的翅膀尽情翱翔！学校一定会尊重每一位同学自己的选择，支持每一个同学的自主发展！

一所伟大的大学必将给我们更多精神上的自由，必将改变我们的人生和命运。她让我们重新审视自己的内心，去探寻人生的本真追求；也让我们重新审视自己与他人的关系，去寻找真正的思想伙伴；更让我们重新审视自己与大学的关系，去追寻独立自由的人生。这就是大学之于人生和世界的意义。

同学们，"你们来到交大，这是世界上最美的相遇，是生命中最好的礼物，是岁月里最暖的温情！你们将在这里开启人生中最美好的一段旅程，你们也是这个世界带给交大最美好的礼物！"从今天起，你们在交大生活中的每一次选择、每一次探索，甚至每一次挫折，都将成为你们走向卓越的预演。愿你们能够把握自己，不负宝贵光阴，不负大好青春。愿你们在交大享受学习的快乐，结交同行的良师益友，感受成长的真谛，在你们最美好的年华，追寻最美好的事物，定义最美好的人生！

　　谢谢大家！

延伸阅读：林晨曦

我是林晨曦，1997年考入上海交通大学材料系，2000年转系进入计算机系，2002年本科毕业，2005年硕士毕业。在校期间，我作为交通大学代表队的一员参加了ACM/ICPC全球大学生编程竞赛，于2002年取得了世界冠军的成绩，并因此在2003年获得了上海交通大学首届校长奖。

在校参与ACM/ICPC竞赛的过程中，我深刻感受到机遇和平台对一个人成长的重要性。在机会和挑战面前，树立什么高度的目标往往会决定最后的成就的大小。在任何从0到1的开拓面前，勇气才是最重要的准备。而极致地追求细节是成功的重要因素。从自身出发，努力思考过程中每个细节如何达到完美的状态，是每天提升的方向和动力。想要夺冠的队伍是没有陪练的。

在交大学习的八年，是我人生中极其重要的时光。在这个阶段，除了课堂上的学习培养了我理工科学生的基本科学素养，更重要的是，我在这里思考明白人生应该有怎样的追求。同时我也结交了很多同窗好友，他们中的许多人在后来的很多年里都是我追寻事业道路上亲密的伙伴和战友。

理工类学科的教育，首先培养的是探索科学时实事求是的务实。这使得在后来很长的时间里，我能够坚持做好自己的工作，不被他人的看法和误会而左右。2008年，当我作为最早的技术团队负责人和架构师开始阿里巴巴飞天云计算操作系统的研发探索时，身边大多数人都认为云计算只是"云里雾里"的商业宣传噱头。

2012年，我作为联合创始人，创办了发展人工智能的依图科技公司。这段创业的初心缘于我们对人工智能的好奇和热情。朴素的纯粹会使人在困难的前进道路中更好地去享受过程中的美景，从而更加珍惜这短暂的人生。

饮水思源，感谢交通大学的培养。我将铭记张杰校长在交通大学120周年校庆时的寄语："愿交大不负天下人，愿天下交大人长风破浪，一往无前！"

延伸阅读：应玉清

今年，距我人生头一回在美术馆展览自己的绘画作品，已经过去整整十年。我以一个工科生的身份进入交大，在主修计算机工程的同时得以探索自己喜爱的艺术，并坚持绘画的道路至今，不曾放弃。旁人眼里看似神奇的经历，其实都是靠平凡的点滴积累起来的。

记忆中的四年交大求学生涯，最美好的时光总在每年的春季学期。我就读的密西根学院会在这个学期设置丰富的非专业课程供同学们按兴趣选修；学有余力的本科生也可自由安排实习或报名实验室研究项目。

大三那年我选了很少的课：一门哲学导论，一门量子力学，外加一份人文课的助教工作。没课的日子，仍是六七点就起床，吃过早饭便把椅子和画板搬去寝室阳台上，开始一天的素描练习或小幅水彩的创作。清晨的校园是极安静的。空气清冽，我独自坐在西25栋宿舍的五楼阳台上，柔和的自然光落在画纸上，仿佛天地之间只有我和绘画。

天光渐亮，宿舍楼正前方球场上传来的人声和篮球击地的节奏，成了我画画时习以为常的背景音乐。时间在不知不觉中流逝，每次体育老师在十一点四十分的准时吹哨则提醒我该去"一餐"吃午饭了。每天下午的另一件幸福之事便是步行到不远处的包玉刚图书馆，泡上一两个小时，翻阅艺术和哲学理论书籍，有时还会借一本贡布里希的著作回去慢慢读。

回寝室的路上我常常会绕行到思源湖边，找一把长椅坐下，掏出随身携带的速写本涂上几笔。思源湖的日落时分也是极美妙的：湖面反射着天光，如同一个搅和着低饱和度红黄蓝的调色盘；对岸的教学楼和树影渐深，轮廓混为一片；脑后是鸟儿归巢的鸣叫。速写本上的光线越发暗淡，我收起画具，慢慢步行回寝室。每天晚上的时间往往会被安排来看书或写课程作业。

那个学期的大部分日子，我几乎都是这样度过的。

多年后当我站在各种活动的领奖台、美术大展开幕式，面对给以掌声的人群时，抑或是工作生活遇到困难、参赛作品落选的时候，脑中总会神奇般地闪现那段宁静、孤独、自由而丰富的时光。它提醒我一切的开始是因为什么，如今所面对的又意味着什么。

这样宝贵的日子在大学之前不曾有过，将来也很难再遇见。那时的我纯粹陶醉在艺术、哲学和物理交相辉映的精神世界里，沉浸于绘画表达带来的无穷乐趣中——而这一切，都要感激母校交大所提供的包容开放的环境和自由发展的养料。她从不去定义每个学生该学什么，或该成为怎样的人，而是激励个体通过四年的锻炼逐渐探索和认知自我，并竭其所能给予空间和资源，帮助一个人追随自己的内心，从而开启未来的无限可能。

大学，重新定义我的人生。

应玉清

2021.6

独立，成就更好的自己
——2015级新生开学典礼演讲

2015级新生开学典礼演讲
2015/9/13

亲爱的2015级同学们：

大家好！

今天是公元二〇一五年九月十三日。此刻，全球交大人的目光正聚焦于会场，聚焦于你们，2015级交大新生，来自115个国家和地区的12 000多名新交大人，交大欢迎你们！

你们从五湖四海、天南地北相聚于交大。你们当中，有来自江西的李阳同学，你因为对希格斯粒子的兴趣和向往浩瀚无垠星空的壮阔与神秘来到了交大，也许这几天还来不及像传说中的学长那样去感受大草坪的星空，就要马上投入忙碌的选课和学习；来自辽宁的丁正一同学，刚满14周岁的你，也许一边正与父母道别，一边就要自己去寻找，在这近五千亩校园内的上院、中院和下院；来自意大利的斯特凡诺·科尔巴尼同学，你从地球的另一端，飞行近万公里，来到交通大学，也许还来不及调整时差，你就要去熟悉南洋、宣怀、叔同，那么多承载交大文化的校内路名。

　　来到交大，我相信你们除了兴奋和激动外，会对即将开始的新生活有些迷茫和疑惑，当热闹的新生入学季过去时，又会有什么开始在你心底积淀，让你们在大学阶段养成独立的人格、造就更好的自己。今天我讲演的主题是独立，我想与你们一起探讨独立的三个方面——"自信""自励""自省"，希望

（周思未摄）

从自我认同、自我驱动和自我审视这三个角度与你们一起思考独立的含义。

独立之一——自信。同学们，你们都是在竞争中胜出的佼佼者，相信你们一定比同龄人多一份自信。然而，来到交大，你会发现周围都是和你一样出色的同学，他们甚至比你想象得更加优秀。第一天开班会，同学们互相自我介绍时，也许你会发现钢琴十级并没有什么了不起，坐在你身边的同学就曾经代表国家在世界舞台上演出过；做过学生干部也并不代表什么，你的三位室友可能恰好是三个不同高中的学生会主席；第一次课程考试结束后，身边的同学也许轻松地拿到九十分，而埋头啃了好久参考书的自己刚刚勉强及格。这个时候，紧张和焦虑会让你的自信开始瓦解。当你们只看到别人的优点，而看不清自己的追求，就会产生迷茫和不自信。在这个时候，最重要的就是要相信自己，就是要毫不犹豫、毫不退缩地追逐自己的梦想，建立独属于你的自信。

在座的哪位同学有自信在火车上高声演讲，对着全体乘客谈论你的梦想？刚刚毕业的安泰经管学院的黄冬昕同学在大二时就勇敢地跨出了许多人不敢走出的这一步。他带着一把小提琴、一个背包和50元现金只身上路，通过火车上的表演和演说筹集到4 850元钱，他完成了跨越15个省市的梦想，并把除去旅费的钱全部捐献给公益事业，为农村孩子带去了希望。自信是点燃梦想的火种，因追逐梦想而燃烧激情才能产生真正的、持久的自信。我希望，每一名交大的学子都能够不受外界的干扰，独立地学习和思考，大声说出内心深处的梦想，用自信去奏响你们人生的每一个乐章！

独立之二——自励。今天，和你们一同坐在台下的还有一位我特意为你们请来的嘉宾。2012年6月15日的凌晨，人类历史上第一次通过这位年仅25岁女孩的眼睛，发现了人类苦苦找寻半个世纪的希格斯粒子的存在！这位发现"上帝粒子"的女孩就是你们的学姐，机械与动力工程学院2004级校友杨明明。正是杨明明和她团队的发现为2013年的诺贝尔物理学奖做出了重要贡献，也让霍金输掉了那个100美元的赌局！

从交通大学毕业之后，杨明明赴MIT攻读物理学博士，并在欧洲核子研究中心（CERN）一待就是三年多。那一段时间，除去每天三四个小时的睡眠和休息外，她沉浸在实验室中，观测、研究、讨论，与数以千计的全世界最顶尖的科学家们交流、碰撞。杨明明将这段经历作为她至今最有意义、最有价值的一段生命旅程。她说："我就像一束光一样在时空中旅行，直到我发现可以让我停留的领域。从希格斯预言到'上帝粒子'被证实，用了将近50年的时间。能够在我们的时代，和那样一群忘我的同事们并肩奋斗，亲眼观测到'上帝粒子'，已经可以终身无憾了。永恒的意义是什么？我想，永恒的意义就在于经历永恒的每一个瞬间。"是什么让杨明明持续燃烧自己的激情，义无反顾地去探索宇宙最终极的奥秘？我认为，是一种内生驱动的自我激励！自励，就是始终保持追求卓越的惯性，它源于内心深处的热爱和矢志追求的纯粹。用热爱激励自己，你会发现自己身上蕴藏的无穷潜能；用纯粹激励自己，你会发现挫折不过是一时的风景。自励是持续创造激情的过程，

（来自"视觉交大"）

也是知识探究的不竭动力。我希望，每一名交大的学子都能够在自我激励中保持独立的创造，多一份热爱、多一份纯粹！

独立之三——自省。今年6月，我在和毕业班学生座谈中，听到他们对大学生活的精辟总结："上大学的过程是从不知道到知道再到不知道的过程。一开始是不知道自己不知道，逐渐才知道自己不知道；后来又不知道自己知道，再后来才能知道自己知道；到最后是以为自己都知道，才知道自己还有更多不知道"。真正的"知道"和"不知道"都来源于自省，自省就是要在一次次审视中超越自我。

（来自"视觉交大"）

你们有这样的一位师兄，他叫戴文渊。他在校时曾在第29届世界ACM大赛中夺得全球总冠军，但荣誉和光环并没有让他迷失自我，反而让他自省人生真正的价值所在。毕业后，戴文渊在自己的兴趣驱动下，先入百度，帮助百度建起了中国最大最成功的学习系统，被誉为迁移学习领域天才少年，获得百度百万美元最高奖。短短三年，年仅29岁的戴文渊就晋升为凤毛麟角的T10级百度科学家，这几乎是在百度工作的众多名校毕业生追求一生的目标。站在前进的路口，戴文渊又一次审视自己，询问自己在"互联网+"时代的发展方向会在哪里。2014年，这位被IT界精英膜拜的"大神"再次选择自我超越，与全球顶尖的数据科学家一起创立"第四范式"公司，志在用数据刻画规律，让数据创造价值，"用技术改变世界"。角色在变、领域在变，不变的是他通过自省不断超越自我的人生态度。

同样，你们即将开始的大学生活，就是一个自省的过程。自省的前提是"知道什么对自己更重要"：在学习过程中找到"什么比分数更重要"，在研究过程中找到"什么比论文更重要"，在人生规划中找到"什么比职业更重要"。我希望，从今天起，每一名同学都能够通过寻找这三个"更重要"，将自省作为自己的座右铭，在自我超越中去实现独立！

同学们，大学生活本身就是从确定性思维到批判性思维，从随流从众到内心觉醒的转变过程。独立，是你们人生必经的道路。从今天开始，我希望你们能够开始自觉地走向独立，在你们成长的道路上，不要害怕失败，更不要拒绝改变，愿你们在"自信、自励、自省"中无所畏惧、披荆斩棘，努力成为你们想成为的那个人。独立，让你们在未来成就更好的自己！

谢谢大家！

博闻 博雅 博学

——2014级新生开学典礼演讲

2014级新生开学典礼演讲
2014/9/14

亲爱的2014级同学们：

大家好！

今天，我们在这里欢迎各位新同学加入交通大学这个大家庭。相信你们大多数人都是第一次离开家乡、离开父母，在今天的典礼现场，也有不少你们的家长和中学老师，在此，我提议大家首先将最热烈的掌声送给他们。

此时此刻，也许你们还在赞叹5 000亩的霸气校园，但接下来你们可能就要为上课得早起、课间"拼车技"而苦恼了；也许你们还在赞叹"我是学长""我是学姐"们的热情引导，但接下来你们需要接受的现实生活是"学长只能帮你到这儿了"；也许你觉得今天开启学霸模式尚早，但研一法硕的顾婷同学昨晚已经开始坐在教室自习了；也许你们还沉浸在"大一不军训"的窃喜之中，但是我实在不忍心提醒你们，入学英语分级考试马上就要到来……

同学们，你们能够进入交大，已经证明你们是同龄人中的佼佼者。从今天起，大学的蓝图将在你们面前展开，这里有美丽的校园、知识的海洋、丰富的选择。因此，我相信你们会有精彩的生活，也相信你们会顺利毕业，更相信你们会找到体面的工作。但是，让我担忧的是，在当今社会急功近利的浮躁氛围下，你们能否在大学完成人生最重要的成长转变：从"习惯被安排"到学会主动担当，从被动学习到自主探究，从跟随别人到独立思考。因此，在大学生活正式开始之前，我希望你们做的最重要的一件事情，就是"唤醒"你们内心深处的梦想！正如我在给你们的第一封信里与你们分享的："世界上最快乐的事，莫过于为梦想而奋斗！"

1896年，因"兴学、储才、自强"之梦想，今日交大之前身南洋公学应运而生。从建校之初的"精英治国"梦，到20世纪30年代的"实业救国"梦，再到改革开放初期的"知识立国"梦，118年来，交通大学始终在追寻梦想的道路上奋力前行。"交通"为名，"大学"为道。"交通"二字出自中国最古老的哲学著作《易经》，"天地交而万物通，上下交而其志同"，阐释的是一种宇宙观和价值观，是对宇宙万物和谐共生的哲学认知，是对自然规律的独特感悟。跨越三个世纪的交通大学，因气交物通的清明泰然，上下心交的有志一同，为国家、社会甚至全人类的福祉贡献卓著。在这里，每座大门、每幢楼宇、每处雕塑、每个路牌都留下了一代代交大人奋发图强的故事，凝结着交大独有的气质、视野与追求。今天，这里就是你们成就梦想的起点。作为师长，我愿意成为你们的第一任"向导"，带着你们走进"百年交大之门"，领略大学之道、校园之美，和你们一起开启新的人生旅程。

以全球视野观世界，博闻通达

交大校园每天最先迎来旭日朝阳的是东大门。它传承了交通大学的血脉，见证了百年沧桑变迁。无论是从南洋公学到交通大学，还是从徐汇到闵行，始终不变的是一脉相承的交大精神，是始终瞄准世界之巅、国本之需的交大视野。南洋公学开办伊始，聘请美国人福开森为监院，开启中国近代引进西方高等教育新风。19世纪二三十年代，办学成效蜚声海内外，被誉为"东方MIT"。在徐汇校区工程馆有一根看似平常的铜柱，它是1933年诺奖获得者、无线电之父马可尼到访交大时竖立

（东大门，朱思宇摄）

的，纪念无线电课程在中国的开始……这些都印证了交大敢为人先的精神品格和开放包容的全球视野。

同学们，你们的视野也将决定你们的未来。交通大学已经为你们打开了通向世界的大门。在这里，你们有机会参加世界同步的研究，走在探求未知的最前沿；在这里，你们有机会师从国际顶尖的学者，站在巨人的肩膀上创新；在这里，有很多同学在校期间就会有海外游学的机会，与世界各地的文化交融碰撞；在这里，你们甚至还可以作为主人与来访的各国元首面对面交流，展现你们的智慧和才华……穿过这座厚重的"历史之门"，愿你们秉承百年交大的独特传统，以全球视野观世界，博闻通达。

以家国情怀济天下，博雅厚德

同学们，你们中的大多数人是从位于东川路800号的思源门第一次迈入校园。这座校门与闵行校区建于同年，见证了今日交大的又一次创业腾飞。"思源"二字来自我们的校训"饮水思源，爱国荣校"。1930届毕业生集资在徐汇校区"执信西斋"门前竖立的"饮水思源"碑，诠释了其感恩的内涵。"爱国荣校"源自唐文治老校长所言："学生之对于学校，爱情而已矣，有爱情于学校，乃能有爱情于社会，有爱情于社会，乃能有爱情于国家。"钱学森学长回国时说过一句话："我将竭尽努力，和中国人民一起建设自己的国家，使我的同胞能过上有尊严的幸福生活。"朴素的话语蕴含着老一代交大人对国家民族的大爱。以投身国防的"辽宁号"航空母舰舰长张峥为代表的当代交大人，或志在西部艰苦边远地区，或扎根酒泉卫星发射基地，或长驻南海深海钻井平台……他们已把对国家和民族的热爱深深地融入血脉。

"达则兼济天下，穷则独善其身。"这是中国知识分子家国

（南大门，朱思宇摄）

情怀和独立人格的追求。当今时代，要想在风云变幻的国际社会和全球化潮流中，不迷失自我，不被功利所诱惑，不被浮躁所鼓动，就必须要有独立不移的精神，有对民族传统文化美德的坚守，更要有以天下为己任的担当。走过这座令人感怀的"思源之门"，愿你们谨记"饮水思源，爱国荣校"的校训，以家国情怀济天下，博雅厚德。

融汇科学精神与人文情怀，博学明道

在宣怀大道之南，文治大道之端，矗立的是18.96米高的南大门，象征着百年交大诞生于1896年的厚重历史。校门正对南方，两边欧式柱廊呈合抱之势，体现了一流大学校园海纳百川、与日俱进的胸怀。

致远学院蔡申瓯教授的办公室里挂着4块大黑板，密密麻麻记载着数理符号和公式，永远有一道未解的难题和七八个学生的手机号码。他把时间都留给了教学和研究。学生们自发评了一个"废寝忘食奖"，颁给了他。没有奖金，只有一段颁奖词："身教重于言传，他是披星戴月的科研人，用多年经验指导学生，但求学术薪火相传。他就是我们身边科学大师最好的诠释，也是我们一生的榜样。"

2012年校长奖获得者李金金同学，你们的学姐，她始终

（来自"视觉交大"）

持有一颗好奇心，在量子光学研究领域取得了重要突破，为人类进一步研究微观世界开启了一扇新的大门。更难得的是，她还是中国书法家协会会员，演讲朗诵达人，公益活动的热心参与者。

许许多多这样的老师和同学就在你们的身边，从今天起，交通大学的师长们，愿做你们未来之路的人生导师，我迫切地要带领你们认识他们，加入他们的行列，携手共攀学术和人生的高峰。

同学们，你们刚刚踏入大学校园，很快就会发现大学生活不同于中学生活。大学教育更为注重的是：开阔视野、健全人格，提升你们主动学习、独立思考、大胆质疑的能力，帮助你们完成从依附到独立、从遵循到创新、从优秀到卓越的蜕变。北宋教育家胡瑗曾说："致天下之治者在人才，成天下之才者在教化，教化之所本者在学校。"通过这座无限精彩的"未来之门"，你们可以踏上施展才华的人生舞台，愿你们融汇科学精神与人文情怀，博学明道。

三座校门，道不尽交大百年华彩，述不尽做人之理、学问之道。"上院初，下院暮，仰思百年菁菁路，留园玉兰顾；东川渡，剑川宿，樱花蓁蓁怡情驻，饮水思源处。"宣怀有识，文治有道，愿你们以科学精神拓展全球视野，以人文之光激发家国情怀，博闻、博雅、博学，实现人生梦想。交通大学期待着你们的成长，民族复兴期待着你们的作为，人类社会期待着你们的担当！

谢谢大家！

*延伸阅读：*李金金

交大，我的过去，更是我的未来

我是李金金。每个人都有自己的梦想。在我进入交大之前，我就已经知道钱学森先生是交大的著名校友，对于先生的爱国事迹十分钦佩。我也早有耳闻，交大的校长"杰哥"不仅学术渊博，而且平易近人。进入交大之后，我亲眼见证了交大快速发展成为世界一流大学的奇迹，深感幸运。

在交大学习生活的时候，我的导师常常教导我，科研工作要认真、踏实、严谨。在听从导师的谆谆教诲，在耳濡目染老一辈科学家胸怀祖国、服务人民的爱国精神与追求真理、严谨治学的求实精神之下，我深切地感受到"饮水思源，爱国荣校"的交大精神，这一精神也时时刻刻激励着我的内心，不断使我砥砺前行。我也深刻地感受着科研之情、报国之志的梦想在我心中生根发芽。

在逐梦的道路上，有鲜花也有荆棘，但我始终朝着一个方向努力前行，我清晰地知道，要想用自己的才学报效祖国，除了梦想，必须有能力和行动。我选择了博士毕业出国学习来提升自己。出国后，接踵而来的是各种困难。独在异乡，要打理自己的衣食住行，科研上遇到的各种问题也是困难重重。但正如马克思所说，燧石受到的敲打越厉害，发出的光就越灿烂。在国外研究学习的这段日子里，忙碌但不茫然，有挑战也有机遇。我能够涉略学术界最前沿的理论知识，极大开阔了自己的视野，科研能力得到了极大的提升。

　　随着对科研认知的不断深入和对未知领域的不断探索，我深刻地感受到知识在我的脑海中不断累积，对于一系列前沿难题，我也能够有我自己的见解和想法。每每科研之时，"饮水思源，爱国荣校"的使命担当就一直敦促我向科学研究的最前沿迈进。我时常感到，内心梦想的种子在滋长，伸出地面来，寻找阳光。随着习近平总书记提出中国梦，大家都在讨论中国梦，都想着为中华民族的伟大复兴献力献策。大家澎湃的建设祖国的热情，也让我备受鼓舞。同时，我也感受到，我学有所成，报效祖国的时机到了，是时候回归祖国母亲的怀抱，为祖国的建设添砖加瓦了。

　　非常荣幸2015年我通过国家"青年千人计划"回到母校任职，如今走在校园内再度回首在交大度过的六个春秋，仿如昨昔。张校长当年的谆谆教诲依然回响在耳边，也正是交大如张校长般孜孜不倦的老师们帮我推开科研道路的大门，指引了我前进的方向，才让我在这条道路上坚持前行。饮水思源，不忘师恩，如今我也是一名交大的教师，我会将这份能量继续传播下去，让更多学子也可以感受到我当年成长中体会到的母校的关怀与温度。

修身 修心 修学

——2013 级新生开学典礼演讲

2013级新生开学典礼演讲
2013/9/8

亲爱的2013级同学们：

大家好！

每年九月的开学季，迎新的欢声笑语都会充满校园的每个角落，你们的到来成为交大最热闹，也是最隆重的节庆。在此，请允许我代表上海交通大学，对你们进入这所跨越三个世纪、承载无数荣耀的百年学府表示衷心的祝贺和热烈的欢迎！同时我要祝贺各位同学选择了交大作为生命之舟新的启航之地，成为光荣的交大人。在座的大一新同学应该还记得，我给你们的信里布置的第一项作业——用实际行动体会交大校训"饮水思源，爱国荣校"。在今天这样的特殊场合，我想和大家一起，用最热烈的掌声向养育、教导你们的父母和师长，表达最真诚的感谢！我希望，各位同学哪怕学习再忙，也要经常给父母打个电话，聊聊学习生活，听听他们的叮咛嘱咐；后天就是教师节，请大家记得给母校的老师们，送上来自交大的问候和祝福！

"一年之计，莫如树谷；十年之计，莫如树木；终身之计，莫如树人。"大学的根本使命在于为国家和社会的未来培养人才，交通大学更是肩负着培养领袖人才的重任。正是基于自强必先储才的理念，交大得以诞生。老校长唐文治先生曾说："维余平日之志愿，在造中国之奇才异能，冀与欧美各国颉颃争胜。"他还说："故鄙人办学时，不自量力，常欲造就领袖人才，分播吾国，作为模范。"我建议各位新同学，作为交大人的第一课，一定要去参观校史馆和钱学森图书馆，在那里，你一定会为成就了交大今日辉煌的历代交大人而自豪。我相信在不久的将来，你们也会成为交大校史中一颗颗璀璨的星辰。

各位同学，你们怀着对梦想的执着和对未知的渴求踏入了交通大学的大门，我想这几天你们经历的可以用一个"新"字来概括，新同学，新老师，新课程，新校园，新城市，等等。这些新事物，让年轻而有活力的你们激动不已，也带给你们因为未来的不确定而产生的焦灼。你们都是中学阶段学习的佼佼者，当然期望在大学阶段，在交大延续你们的辉煌，并且更上一层楼，走向卓越。《论语》中说道："不愤不启，不悱不发。"教育的意义，在于自主追求中的引导和启发。此时此刻，你们也许很期望我可以告诉你们，在大学该怎么做才能成功。可是我想告诉你们，成功其实是世界上最难定义的概念，它的内涵和外延因人因事而异。而且，如果你所做的一切都是为了所谓的"成功"，那你必然会和成功失之交臂。所以，在你们真正步入大学的第一天，我们不谈成功，只谈做人，怎样做一个独立的，睿智的，淡泊名利、德行高尚的，有严肃的批判精神而又富有温暖的人文情怀的人。去年在这里，我对你们前一届的

（周思未摄）

学长讲了闻道、问道、悟道之重要，现在，我想与你们就如何度过大学生活，分享三点体会：修身、修心、修学。

第一句话，修身为始，做一个德行高尚的人。

老子曰："上善若水，水善利万物而不争。"意思是水造福万物，滋养万物，却不与万物争高下，这才是最为高尚的美德。诸葛亮在《诫子书》中说道："夫君子之行，静以修身，俭以养德，非淡泊无以明志，非宁静无以致远。"只有看淡世俗的名利才能明确自己的志向，只有身心宁静才能实现远大的理想，同样讲的是做人的修养和德行。大学的使命在于为时代造就杰出人才。交大生于忧患，其命运无时无刻不与国家民族血肉相连，而支撑历代交大人奉献不辍的正是这种不为名利、淡泊宁静的道德修养和精神境界。齐家、治国、平天下，当以修身为始，作为新一代交大人，我希望大家志存高远的同时，也要注重德行的培养和内在品格的塑造，不被眼前的名利虚妄所蒙蔽，坚守内心的净土，在不断修身的过程中走向成熟，实现人生价值！

第二句话，修心为上，做一个胸怀宽广的人。

大学之大，不在于校园之大，而是在于其心胸的博大。交通大学正是这样一所海纳百川、兼容并包的高等学府：这里有来自世界110多个国家和地区的师生，在今后的大学生活中，你们不仅会遇到不同地域和文化背景的老师同学，更会经历各种先进思想、新奇观点的争鸣与交锋。不同的文化代表着不同的阅历，而不同的思想则代表着不同的人生境界，正是因为这些不同的存在与交融，大学才真正成就了其创新的使命。所以，你们在独立思考的同时，也要懂得兼容并包、接纳不同，更要学会彼此欣赏、相互支撑。修心为上，乃成其大，你们的胸怀有多宽广，未来的路就有多宽广。同学们，坐在身边的都是你的兄弟姐妹，你生命中最宝贵的青春年华，将与他们一起度过。我希望你们在收获知识和能力的同时，也能收获信赖和友爱，并彼此成为未来事业中最可靠的伙伴和多彩人生中最真诚的朋友！

第三句话，修学为本，做一个知行合一的人。

大学是一个人才聚集和成长的地方。修学为本、探索未知是生活在这里的人们的追求与信仰。对于你们而言，学习不仅是知识的传承与积累，更是开启智慧与创造新知的探索。在开拓进取的道路上，你们将领略到探索与创新的无限乐趣。你们的创新创意，哪怕是"异想天开"，甚至是"不着边际"，只要源于你们对知识的理解和缜密的思考，都将会得到鼓励与支持。"究天人之际，通古今之变，成一家之言。"这里有产生大师大家的土壤与养料，我相信你们之中必将会产生新的大师大

（来自"视觉交大"）

家。知识探究的根本动力在于探索未知和服务社会。"知是行之始，行是知之成。"知行合一，就是理论与实践相结合的过程。在此过程中，你们得以不断地完善自我，追逐梦想。交大的学子要用所学的知识，创造性地运用于知识探究与生活实践中；要用自己的言行，实践"饮水思源"的校训和唐文治老校长"成第一等学问、第一等事业、第一等人才、第一等品行"的教诲。

同学们，大学时代正是你们形成独立人格、培养综合能力的最重要阶段，"修身为始、修心为上、修学为本"是你们需要遵循的做人之道。在交大，你们在自主探索的同时，还能和学各有长、风格迥异的师长平等讨论，与海内外一流科学家、政治家、企业家、社会活动家分享他们的人生智慧，甚至他们的一句话，一个故事，都可能会点亮你的内心，让你从此走上不一样的人生道路。这就是大学，她是无功利的才智之邦，是充满无限可能的变化之邦，她更是你们可以在此安静思考、探索并选择自己人生道路的理想之邦！我希望你们在这里可以实现梦想，进而超越自我，改变世界！大学，会深远地影响你的一生！

每年的开学季，我都有深刻的感动。我被你们的年轻、无畏和朝气所感动。此情此景，让我回想起在我还与你们一样年纪时，激励过我的一篇短文《年轻》。文中写道：年轻是心灵中的一种状态，是头脑中的一个意念，是理性思维中的创造潜力，是情感活动中的一股勃勃的朝气，是人生春色深处的一缕东风。作为30多年前的大学生，我也很羡慕你们，羡慕你们在这个美好时代中拥有的无限的可能性和机会。所以，当你们在交大的学习生涯开始之时，我殷切地希望你们能够珍惜在交大的学习机会。我深信：你们的理想会因为交大而更加丰满；你们的人生，会因为交大而更加精彩。我更深信，交大文脉因为你们的到来而生生不息，交大精神因为你们的传承而历久弥新。

你们的大学生活已经开始，路就在你们脚下！

谢谢大家！

延伸阅读：许志钦

从张杰校长的演讲回想起我的科研起步

2022年疫情期间，重新观看了张杰校长在2021未来科学大奖-物质科学奖颁奖典礼上的获奖感言，一时感触颇多，回忆涌起。

张校长在获奖感言的开头提到了小时候他父亲带他动手做孵蛋箱的故事，这个故事也触发了我对童年的回忆。我父亲在我小时候带我做过很多杂活，而我自己也捣腾过很多类似孵蛋箱的设计。可惜由于时代久远，已经无法想起细节了，只记得这些想法当时都只停留在纸面上，没有像张校长那样付诸实施，并从失败中学习的经历。不过与张校长相似的是，我童年的好奇心也一直保留到了上大学以后。2008年进入交大后，我经常和同学一起讨论各种想法。大一下学期的时候，张校长与蔡申瓯、鄂维南老师一起在学校创立"理科班"（也就是后来的致远学院），这对我吸引很大。但在当时的"联读班"，我成绩中等，英语还不行，连面试要求的两篇英文文章都看不懂。于是，在面试的时候，我给面试我的蔡申瓯教授和王亚光教授讲了我平时的一堆想法，成功用尽了面试的时间，然后意外进入了理科班！

在大学四年的学习和生活中，张校长一直是我们同学们喜爱的"杰哥"。在科研上，张校长呈现给我们的印象一直是成功人士。可是在这个获奖感言中，张校长讲了他在科研中"屡败屡战"的经历，这让我对张校长有了更深的认识，对我很有鼓励，也让我联想到我这几年的科研经历。

这个月因疫情在家隔离，照顾孩子，经常做饭和各种家务，常常想起照顾我的导师蔡申瓯老师生病的那几年。那几年，仅有很少的时候可以做研究和学习，我维持了一个学生的最低量的科研。所以在2017年底考虑要不要重新再找一个博士后位置的时候，尝试投了很多简历，可惜一个回音也没有，可谓是屋漏偏逢连夜雨。所以在仅剩不多的博士后时间里，我只能硬着头皮全心做研究，选择了深度学习的基础研究。当时我的简历空白得只剩下致远留下的"情怀"了，而这情怀就是最后再试一次基础研究。2018年初，我发现了深度学习从低频到高频的学习顺序，我后来把它命名为频率原则。我非常高兴地告诉我父亲，不用担心，我应该要在这个领域出名了。但打脸来得也很快，我的同学张耀宇和我都能举出一些反例，因为有一些细节条件并不清楚，而且深度学习的理论也是出了名的难。不过留给我的时间已经不多了，2019年1月我的博士后合同就要结束了。我自己把文章写了出来，并请我的两个同学张耀宇和肖彦洋帮忙修改后投稿，但没有放在预印网站上。

2018年3月，Yoshua Bengio来NYU开会，当时他还没拿图灵奖，我在开会间隙和他讲了我的发现，但被他否定了。我带有一点盲目的自信驱使我继续沿这个方向做下去。我终于在2018年6月自己写出了证明这个现象的关键理论。然后陆续把实验和理论的两篇文章放到预印网站上。但是太遗憾了，此时我发现不久前预印网站上有一篇Yoshua Bengio组的文章，内容和我给他讲的内容非常类似。我非常高兴，虽然交了一笔学费，但有人认可了我的研究。与Bengio组邮件交流后，我们在文章中标明了双方独立发现这个现象，他们还推广了我发展的理论。后来我与几个同学一起沿着这个方向深入研究，发表了一系列的文章，从实验到理论，再到应用和设计算法，也启发了很多应用算法的设计。

2018年底，因为频率原则的工作被鄂老师认可，鄂老师推荐我们整个团队去南科大面试。但由于这些工作一直没有正式发表，找工作并不顺利，我在导师Dave McLaughlin的帮助下延长了博士后的聘期。2019年1月，带着迷茫，我给张校长写了邮件："张校长，您好，我是许志钦。您最近在上海吗？我刚好这周会在交大（周三下午，周四和周五），想去拜访您。向您问候，也和您聊聊我们几个师从蔡老师的致远一期学生的近况。祝好！"。张校长立刻给我回了邮件，并调整了他的日程，约定在我到达交大的第一时间见我。

那个周三下午，我见到了多年未见的张校长，看上去，他甚至比他做校长时更加年轻，同时也感受到了张校长一贯的和蔼可亲。我和张校长说了我们的近况，也向他表达了鄂老师建议我们组团去一个学校合作做研究的想法，以及我对这样组团的热情和困惑。张校长对我回国的想法非常支持，并且帮我们分析了更多实际的情况。张校长回顾了很多他们当年创办致远和自然科学研究院的事情，并鼓励我回交大工作，这次的会面，让我重新燃起自信。

　　到2019年5月，不得不找工作的时候，鄂老师为了帮我写推荐信，仔细看了我的简历，然后给我打电话，好奇怎么一篇深度学习的文章都没有正式发表，让我做好待遇一般的准备。回国前，我去了一趟哥伦比亚大学，拜访一个我在致远时的本科同学，他的导师以及大组的leader对我很感兴趣，也请他们组里的人读了我预印网站上的文章，在没有任何推荐信提交的情况下，他们后来给了我tenure-track的offer。在同一时期，我也正式拿到了交大给我的offer。当初和张校长会面的时候，张校长从国家层面到交大层面给我做了很多分析，我当时承诺若能有机会正式拿到交大的offer，我一定会回交大工作。于是我婉拒了哥伦比亚大学的offer，于2019年10月正式入职交大。肖彦洋于2019年9月入职中科院先进研究院（深圳），张耀宇、罗涛、马征于2020年秋季入职交大。

　　转眼回国已经快三年，也有起有落。前不久在第四餐厅的吉姆丽德电梯上碰到张校长，他对我说，年轻时的困难，是一生的财富。我对这些也看得很开，我对我们的研究一直充满信心，我们也在不断突破。谢谢张校长一直以来的鼓励和帮助！

许志钦

2022年4月15日

闻道 问道 悟道

——2012级新生开学典礼演讲

2012级新生开学典礼演讲
2012/9/9

亲爱的2012级同学们：

大家好！

今天，你们从世界各地会聚到交通大学，在父母、师长、同学的见证下，开始崭新的大学生活。大学学习的过程，就是在不断提出问题、思考问题的过程中，完成对真理认识过程的升华。所以，我今天想对你们说的话也是从对几个问题的思考开始。

第一个问题，交通大学校名中的"交通"二字告诉我们什么？在中国最古老的哲学著作《易经·泰卦》中有这样一句话，"天地交而万物通，上下交而其志同"，阐释的是一种宇宙观和价值观，是对宇宙万物和谐共生的哲学认知，是对自然规律的独特感悟。发轫南洋公学、跨越三个世纪的交通大学诞生于民族危亡之际，成长于国家复兴之中。我们的老校长、国学大师唐文治先生提出"立国之要，以教育为命根，必学术日新，而国家乃有振新之望"，并以"明德为先，科学尚实"作为大学的使命和教育宗旨。百十六载，交通大学承载了"储材兴邦"的建校理想，光耀了"当为第一等人才"的办学理念，彰显了卓尔不群的气度、格调和胸怀，创造了许多中国乃至世界的第一，培养了数十万遍布世界各地、各行各业的精英人才。交通大学的愿景是成为一所大师云集、人才辈出、科技成果和人文思想交相辉映，在国家富强、民族复兴和人类文明进步的进程中贡献卓著的大学。我希望你们在交大养成的是科学的精神、人文的情怀和领袖的气质。这一使命，现在比以往任何时期都更明确而迫切！

"交通"为名，"大学"为道，我想问你们的第二个问题是，大学究竟是什么？曾担任交通大学前身南洋公学总教习的蔡元培先生说，"大学者，研究高深学问者也"，在他心中，大学是学术的象牙塔。美国著名的思想家艾伦·布鲁姆认为，"大学是一个以理智为基石的国家的神殿"，在他心中，大学是思想的源泉，是国家的智库。今天，大学正日渐成为社会的中心。大学不仅仅是知识的传承者和创造者，更是人类思想、精神和道德的制高点，是社会公平、正义和良心的最后堡垒。

在这样的一所大学里，你们应该如何度过自己的求学岁月呢？这是今天我要问你们的第三个问题。作为师长，我想和你们分享一些由衷的建议。

《礼记·大学》有言："所谓致知在格物者，言欲致吾之知，在即物而穷其理也。"获得和创新知识，就必须认识、研究事物，必须接触事物并探究它的道理。在大学里你们真正的必修课，是"闻道、问道、悟道"。这里的"道"，可以理解为知识与生命的本源、世间万物存在与发展的规律和经世致用的原理，也就是真理。古人云："朝闻道，夕死可矣。"只有不懈地追求和发现真理，生命才有意义。

闻道，就是传承知识。学习前人发现的真理。"善歌者，使人继其声；善教者，使人继其志。"交通大学每个时代都有自己的大师，他们传道、授业、解惑，培养了无数从交大走出的英才。在今天的开学典礼上，你们中学的校长代表和大学的老师也都在现场，我提议，让我们一起以热烈的掌声，向这些教导过你们和即将教授你们的老师们表示感谢并送上节日的祝福！

今天在场的，除了中学、大学老师，更有含辛茹苦养育你们的父母和长辈，他们可以说是你们人生的启蒙老师。今天，他们怀着比你们更激动、更复杂的心情见证这个特殊的时刻，我建议让我们以长时间的掌声，向在现场以及远在家乡的父母长辈送上深深的感谢和祝福，这掌声定能传过万水千山，把你们的那一声感谢和珍重送到他们身边！

除了受教于师长，我还建议你们博览群书，特别是阅读经典。经典之所以为经典，就在于它是人类文化科学发展的积淀，在于它所包含的超越时空的精神理念。读书的过程，就是与古今中外贤人智者心灵交流和思想碰撞的过程。我希望你们读书

（周思未摄）

不要被实用的目的和单一学科所局限，只有自由的心灵和多元文化的滋养，才会孕育出无边的想象力和创造力。读书赋予你们的力量，让你们有可能站到巨人的肩膀上，成为新的领袖人才。

问道，就是独立思辨，善于质疑。思辨，是古今中外伟大科学家和思想家所具有的显著特质。孟子曰，尽信书，不如无书。思想家培根直接指出，学习不但意味着接受新知识，更为重要的是还要修正错误乃至对错误的认知。这是闻道与问道的辩证。

（周思未摄）

（周思未摄）

　　质疑是创新的种子，如果伽利略没有不顾一切打破亚里士多德的旧说，就不会有牛顿经典力学；如果不是爱因斯坦质疑牛顿经典力学，就不会有相对论。质疑善问也是学习和成长的必由之途，在善问的过程中，你们会更具科学的态度，更富前瞻的眼光，激发出更多的创造火花。

　　悟道，就是要领悟践验，培养全人。悟道是学习的最高境界，是在独立思考的基础上领悟和发现真理的过程。大学教育的核心之一，就是引导学生在不断的思考和领悟中形成主导自己未来人生、影响未来社会发展的价值观。交大有很多第一流的专业学院，但是，对本科生，我特别要强调通识教育对领袖人才的人文情怀培养的重要性。世界一流大学几百年来始终坚持不变的全人教育理念，其精髓就在于构建文理相通的知识结构，培养学生的科学精神与人文情怀。成功者往往是兴趣广泛的人，他们的独创精神来自他们的博学。欧洲的文艺复兴之所以对后世影响深远，正是因为人文思想的解放而促进的多学科发展。

　　大学精神就是科学精神与人文情怀的有机结合。"悟道"领悟的不仅是知识本身，更是高屋建瓴的视野，是人类的价值观，这也是领袖气质的核心。对善于领悟的人来说，学问都是相通、相辅和相成的。而所谓人文情怀，其核心是超越个体、超越种族、超越国家，从人类整体乃至整个宇宙的角度思考世界，它是以自然科学和社会科学的融合为基础的一种超越性的思想观和价值观。

"闻道、问道、悟道"，是你们即将追寻的大学之道，也体现在交通大学"知识探究、能力建设、人格养成"的育人理念中。在中华文化深厚的传统中，读书人或者说知识分子对自己的期许始终是以天下为己任，"先天下之忧而忧，后天下之乐而乐"。对你们，2012级交大新同学，中国未来的新希望和新力量，今天我要重提北宋大儒张横渠说过的话："为天地立心，为生民立命，为往圣继绝学，为万世开太平。"这四句话所表现的知识分子的襟怀、器识与宏愿，是对人文情怀和领袖气质的最全面而深刻的诠释，因而也可说是人类教育最高的向往。

扬帆启航吧，2012级交大新同学！交大为你们每一个人的成功努力，也为你们每一个人而骄傲！你们的大学生活从现在开始！

谢谢大家！

大学的本质

——2011级新生开学典礼演讲

2011级新生开学典礼演讲

2011/9/4

亲爱的2011级同学、各位老师、各位家长：

大家好！

今天是交大最隆重、最欢乐的节日。因为，我们迎来了来自全球五大洲的交大新同学。在你们中，最远的，有来自非洲布隆迪的史蒂夫同学。在你们中，年龄最小的是15岁的马卓文、周亨硕同学，分别来自甘肃省通渭县和安徽省灵璧县。大学是人生最重要的阶段，作为来自海内外的青年才俊，你们经过多年的奋斗，在求学之路上披荆斩棘，脱颖而出，来到这所拥有115年悠久历史和辉煌成就的学府，我由衷地为你们感到骄傲。借此机会，请允许我代表全体交大人，向辛勤养育了你们的父母师长、向殷切期待着你们的家乡父老，表达我们崇高的敬意和诚挚的感谢！

因为有着共同的追求与梦想，我们在交大相遇。此时此刻，我们的心情是一样的：既充满了激动，又充满了期待，也充满了信心。然而，"千里之行，始于足下"。你们面临的首要问题就是，如何走好大学人生的"第一步"。只有理解了大学是什么，大学能够给你带来什么，你们才能为自己未来的人生做好科学的规划。溯本求源，需要首先从大学的本质谈起。

大学是人生中最为关键的旅程，是自由探索、追求真理的知识殿堂，是挖掘潜力、掌舵自我的人生舞台，是陶冶情操、磨炼意志的精神家园，是在不断地认识自我的基础上修正自我的成长历程。我所理解的大学本质，可以简言之为"求真、创新、育人、引领"。

"求真"就是学术探索、追求真理。自大学有雏形之日起，大学即以探寻本源、传播知识和研究学问为其最高理想。大学一直努力站在科学发展的最前沿，探索世界，追求真理，创新知识，促进社会发展，推动人类进步。

"创新"就是创造知识、创新价值观。《诗经》记载："周虽旧邦，其命维新。"大学的本质要求就是不断地进行创新。当今社会正处在知识创造价值、创新驱动发展的时代，大学拥有

（来自"视觉交大"）

着最富有激情和创造力的莘莘学子以及对科学和育人有着执着
追求的教师，大学就应当成为知识产出和价值观创新的理想
场所。

"育人"就是培育英才。大学把一群极具创新思维的教师
和一群极具创新潜质的学生聚在一起，让他们互相激发、互相
学习，并且在这个过程中，让学生产生终身受益的智慧和创造
力。大学正是在对求学者的教育和训练中完成知识与文化的传

（周思未摄）

承，知识与文化又在师生间的"教学相长"中得到提升。大学所具有的独立精神和自由思想，确保大学的教师和学生能够潜心地研究高深学问、不断地追求和认识客观真理，并在这个基础上传承和创新文化，这正是大学的生机和活力所在。

"引领"就是引领社会发展。大学是精英会聚之地，是科学和文化的先驱，是道德和智慧的顶峰，它引领社会向着更高尚、更先进前行。当今时代更是如此，大学的引领作用比以往任何时候都更加重要。

大学作为一种理想的存在，这种理想是一种人类之于天地万物的理想，对这种理想的追求就成为大学永恒的追求。但是，当今社会的大学还或多或少地存在一些不完美的地方，甚至违背了大学的本质所在。这就需要我和在座的各位以及全体交大人为之不懈地奋斗。

1896年，盛公宣怀秉持"自强首在储才，储才必先兴学"的办学理念，上书光绪皇帝，兴办南洋公学，是为交通大学之始，也是《清史稿》所谓之"中国教育有系统组织之肇端"。

交大以"南洋"之名立，以"交通"之名兴。"天地交而万物通"。交通大学的"大学"之道承载了"储材兴邦"的建校理想，光耀了"当为第一等人才"的办学理念。

"知识探究、能力建设、人格养成"是交通大学的育人理念。我们要培养的是对大学本质永无止境地追求，拥有"感恩、责任、激情、梦想"和"求真务实，努力拼搏，敢为人先、与日俱进"的创新型领袖人才。这项艰巨的任务将由我们一同完成。

从今天起，你们求学的时光乃至你们的整个人生都将镌刻上"交通大学"的印记。出生于90年代的你们，有着宽阔的视野、丰富的知识、鲜明的个性，这些都将在这里得到进一步的丰富和张扬。我希望你们的创造力将是前所未有的，我相信你们的成就也将是非同一般的。但是所有这一切的获得都离不开自信与勤勉。要相信自己并不断激励自己保持那份对学习的热忱，对知识的热爱和对创造的渴望。

今天是你们大学人生的开始，也是交通大学的又一个新的起点。我祝贺你们加入百年交大历久弥新的事业中，跻身于国家民族的精英行列，在这里你们将成就属于你们自己、属于交大，也属于这个民族和时代的梦想与辉煌。

谢谢大家！

第2篇

交大情结

百年光影流转，岁月无声留痕。老校区的梧桐树，枝繁叶茂、寒暑不移，老图书馆红砖映翠、风华犹在，"南洋公学"石刻雄浑依旧、风霜不改……

新校区的樱花，盛开如云、木已成林，思源湖畔烟柳依依，仰思坪上鹭鸟又回……

在黄浦江畔、东海之滨，在时光流转、岁月沧桑的校园里，一代代交大人燃烧起激情，追逐着梦想，已经或正在继续谱写着百廿交大的荣耀与辉煌！

思源致远　天地交通

——建校 120 周年纪念大会演讲

建校120周年纪念大会演讲
2016/4/8

各位来宾，各位校友，老师们，同学们，全体交大人：

大家好！几天前，我收到一封特别的来信，是一位杭州的老校友写来的，信中写道："我从报纸上获悉母校4月8日校庆，欣喜万分。弹指一挥间，我已年届八旬，从在交大读书时的少年到须发尽白的老人，同班同学已多有离去。回母校看看是我非常向往的一件事，但终因年事已高，行动不便，不能亲临盛事，深感遗憾。希望母校能够寄回有关双甲子华诞的点滴花絮，以分享生日的快乐！"虽然一纸书信只是寥寥数语，却饱含了一个普通交大人牵挂母校的赤子之心。我相信，千千万万的交大人都时时刻刻惦念着母校。今天，母校也盛装一新，满

（思源湖，周思未摄）

怀深情地欢迎各位校友和嘉宾，并向全球交大人致以节日问候！交大欢迎您！

120年来，交通大学因图强而生、因改革而兴、因人才而盛。交大的历史不仅是全体交大人的宝贵精神财富和荣耀，也是中国高等教育道路曲折、前途光明的具体写照，更是鞭策所有交大人创新进取的动力之源。今天我们纪念母校双甲子华诞，就是为了发扬我们的光荣传统，面向世界、面向未来，同心同德、奋力前行。

百廿交大因图强而生。自建校始，交大人即以"储才兴邦"为理想，将自身发展与国家前途、民族命运紧紧联系在一起，开拓进取，不断攀登，终于铸就了今日的辉煌。

1896年，甲午战败之后，中华民族遭遇"数千年未有之变局"，近代著名实业家盛宣怀先生秉持"自强首在储才，储才必先兴学"之宏愿，历经波折，创办了南洋公学，在中国近代高等教育史上留下浓墨重彩的一笔。20世纪初，国家积贫积弱，民族灾难空前严重，交通大学在唐文治老校长等志士先贤带领下，躬行"实业救国"之理想，逐步成为以工程教育为主、理工文管相结合的著名学府。

新中国成立后，为了中国高等教育重新布局的整体需要，交通大学在20世纪50年代历经院系调整和主体西迁，大批优势学科调整给了十余所兄弟院校，开枝散叶、惠泽八方，并由此诞生了我们的同根兄弟——西安交通大学。1959年，两校携手共同跻身全国重点大学。20世纪六七十年代，交大作为国防工程领军院校，又担当起培养国防人才之重任，为"两弹一星"和现代化舰船建造做出了重大贡献。

改革开放以来，交大积极投身民族复兴伟大事业，锐意进取，占得先机，首批跻身211工程和985工程大学行列，综合实力显著增强，开始向着世界一流综合性研究型大学的目标稳步迈进。

百廿交大因改革而兴。120年来，交大人敢为人先，奋勇拼搏，不断探索适合中国国情的办学模式和管理体制，为中国高等教育的改革与发展创造了宝贵的经验。

早在创校之初，交大即首设上院、中院、外院、师范院和特班，率先实行新式分级教育制度。其后，借鉴西式课程设置，延揽中外名师，引进原版教材，率先形成中西合璧、工文并举的教育模式，始得"东方MIT"之美誉。改革开放以来，上海交大锐意进取，勇于开拓，对全国高校发挥了开放办学的引领作用。1978年，中美建交尚在酝酿，交大即首派教授代表团访美，开启了"中美高等教育界的破冰之旅"；1981年再次突破传统观念桎梏，率先接受来自海外的巨额捐赠，开创高校办学引进外资之先河；与此同时，率先探索高校人事和分配制度改革，并得到了邓小平同志的有力支持和充分肯定。

20世纪80年代中期，交大率先在闵行开建新校区，为学校未来发展打下了坚实的基础，始得今日交大之壮观气派。率先实施国际化战略，先后与150余所国际著名大学建立了合作交流关系，其中，1994年在上海市政府的支持下，与欧洲管理发展基金会联合创办的中欧国际工商学院，2006年与密西根大学合作创办的交大密西根学院，已经成长为名动海内外的国际合作办学的典范。1999年，上海农学院并入上海交通大学，一个以现代都市农业为特色的高水平农业与生物学院初步形成。2005年，交通大学与同样拥有百年历史的上海第二医科大学强强合并，开创了教育部与上海市政府合作共建的创新模式，率先走出了一条综合性大学建设高水平医学院的中国道路。近年来，交大根据建设世界一流大学"三步走"的战略构想，率先开展和深化教育教学综合改革，高歌猛进，破浪前行，稳步跨入了中国大学第一方阵。

百廿交大因人才而盛。120年来，交大人秉承人才强校理念，发扬"欲成第一等学问、第一等事业、第一等人才，必先砥砺第一等品行"的人才培养传统，遵循"起点高、基础厚、要求严、重实践、求创新"的人才培养规范，培养出以江泽民、钱学森等杰出校友为代表的30余万各界英才，在我国政经管理、实业发展、科技尖端、国防工业、医学事业、人文社科等各领域创造了数不胜数的辉煌与荣光，桃李满天下，栋梁驻神州。一流大学，首重师资。早在办学之初，交大就以一种"择天下英才而用之"的气度，广揽海内外名师，建设起一支以本土专业人才和留学归国人才为主体的大师队伍。近年来，面对建设世界一流大学的历史重任，学校进一步确立了"人才强校"主战略，推动人事制度改革，实施全员聘用合同制，启动延揽海归优秀师资和培育本土一流师资的人才金字塔计划和SMC-晨星学者奖励计划。对现有师资实施了分类发展改革，建设起学术荣誉体系和长聘教职体系，逐步形成了以世界一流为标准的师资队伍，全面、系统、持续性地激发了大学师生的创新活力。学校支撑国家创新发展的核心能力显著提升，各项国际可比指标快速接近世界一流。

（周思未摄）

　　各位来宾，各位校友，老师们，同学们，全体交大人：一百多年来，中国的变化翻天覆地；穿越三个世纪，交大的面貌日新月异。这中间，交大人始终砥砺前行，默默地为祖国和人民贡献智慧。今天，面对建设世界一流大学的重任，立足新的历史起点，交通大学和全体交大人一起，正在深入思考和总结大学的本质及新时期的使命。

　　在传承发展的基础上勇于创新，为下一个百年再铸辉煌。回眸百廿历史，交大的成就与交大精神息息相通：建校之初，"求实学、务实业"所倡导的求真务实精神；20世纪二三十年代，"与日俱进、敢为人先"所鼓励的开拓精神；21世纪以来，"饮水思源、爱国荣校"所肯定的感恩与责任意识，"思源致远"所弘扬的勇创一流的梦想与激情。这些都已融入交大人的血脉，凝聚为以创新为内核的交大精神。作为历史积淀和时代的呼唤，交大精神体现着交大人奋发有为、开拓进取的品格风貌，标志着交大永无止境探索未知、勇往直前引领未来的气概胸怀。这是一笔弥足珍贵的精神财富，是交大与生俱来的理想与追求。值得我们引以为豪的是，交大精神特别是其创新内核，又与世界一流大学的精神追求和理想境界共鸣呼应，意气相投。正是这样一种精神，让交大在百年征程中不懈求索、薪火相传，让交大人在三个世纪的跨越中栋梁辈出、贡献卓著！

（周思未摄）

在坚守初衷的同时不断创新，走中国大学的一流之路。回顾中国大学百年来的办学史，我们的大学始终与国家前途、民族命运荣辱与共，血肉相连。"兴学强国"成为中国大学的历史使命。今天，我们站在新的起点放眼世界，新一轮科技革命已经进入突破关头。从"要素驱动"走向"创新驱动"，中国经济的结构调整、发展转型要求迫切，创新驱动已经成为国家发展的当务之急和首要之需。作为创新源泉，我国大学不仅要面向世界科技前沿，而且要面向国家战略需求；不仅要挑战全人类共同面临的根本性科学技术问题，而且要解决制约中国经济与社会发展的市场、法治与人文问题。中国的大学一定要扎根中国大地，坚持道路自信，将实现民族复兴中国梦当作自己的神圣使命和人生职责，在创建世界一流大学的伟大实践中，谱写更加灿烂的篇章！

在改革开放不断深化中坚持创新，保持大学的引领地位。大学的使命是人才培养。人才的实质在于创新能力。回顾人类文明的发展历程，大学一直发挥着创新启蒙、薪火传承的作用，为人类发展与文明进步做出独特的贡献。时至今日，知识创新的条件日新月异，知识传播的围墙快速消融，知识作用的范围跨越了时空局限，知识创新的队伍日益强大，广大企业和无数年轻人纷纷投入创新大军，逐渐成长为有竞争力的创新主体。大学传统的人才培养、科技研发和社会服务模式面临挑战。大学将不得不在创新这一试金石面前反复论证自己的存在价值，或者生机蓬勃，或者丧失地位。为此，在坚守人文关怀和学术使命的同时，大学必须担当起应对新挑战、引领新变革的责任，为全球经济的共同繁荣和人类社会的可持续发展不断提供新思想、新方法、新成果和新动力，为人类福祉和文明进步不断创新。

当前，中华民族正处于伟大复兴的关键时刻。中国的发展要求创新驱动。大学理应再接再厉，重启辉煌，以科技创新引领产业进步，以体制创新建设和谐社会，以文化创新共建精神家园，以人才创新开拓未来世界，以协同创新服务全面发展，以现代大学治理体系创新为国家和人民做出自己不可替代的贡献。

"落其实者思其树，饮其流者怀其源。""思源致远"凝聚着交大人感恩溯源的人文情怀和淡泊高远的志向追求。"天地交通"蕴含着交大人气交物通的清明康泰，上下心交的众志成城。"天地交而万物通，上下交而其志同。"古老而年轻的交通大学，正在创新的道路上不断焕发出青春与活力，不断催生梦想与激情！

面向未来，交大将成为创新人才的成长沃土。面向未来，

（周思未摄）

交大将成为全球领先的学术标杆。面向未来，交大将成为国家发展的创新基地。面向未来，交大将成为世界文明的融汇中心。

百年光影流转，岁月无声留痕。老校区的梧桐树，枝繁叶茂、寒暑不移，老图书馆红砖映翠、风华犹在，"南洋公学"石刻雄浑依旧、风霜不改……新校区的樱花，盛开如云、木已成林，思源湖畔烟柳依依，仰思坪上鹭鸟又回……华发苍苍的校友故地重游，踌躇满志的学子正奔赴远方……在黄浦江畔、东海之滨，在时光流转、岁月沧桑的校园里，一代代交大人燃烧起激情，追逐着梦想，已经或正在继续谱写着百廿交大的荣耀与辉煌！

思源致远，天地交通！

衷心期待不远的未来，交大将建成世界一流大学。那时的交大，一定将伴随中国走向世界。那时的交大，已经不只是上海的交大、中国的交大，而且是亚洲的交大、世界的交大。交大将代表中国，为人类做出更大贡献！愿交大不负天下人，愿天下交大人长风破浪，一往无前！

谢谢大家！

矢志创新　迈向卓越

——建校 119 周年纪念大会演讲

建校 119 周年纪念大会演讲
2015/4/11

各位来宾，各位校友，老师们，同学们，全体交大人：

大家好！今天我们欢聚一堂，共同庆祝交通大学 119 周岁的生日。百余年来，时代跌宕沉浮，交大也几经变革，然而之于这所伟大的学校而言，总有一些人、一些事被时光凝结成恒久不变的记忆，总有一些精神、一些特质在岁月的洗礼中熠熠闪光！

让我们回到 1896 年。甲午战败，中华民族遭遇"数千年未有之变局"。盛公宣怀以"自强首在储才，储才必先兴学"之抱负创立南洋公学，首设上院、中院、外院和师范院，是为中国大学、中学、小学、师范这一新式教育体系的发端。这是中

国近代史上浓墨重彩的一笔，自此，勇于改革、锐意创新的精神融入了交大人的血脉，引领交大人创造了跨越三个世纪的荣耀与辉煌！

20世纪前三十年，这所伟大的学校在时代的动荡中，以"交通大学"之名奋力崛起。唐文治老校长以培养"第一等人才"之理念，首创工科，奠定中国近代工业人才之基；初开管科，为中华崛起建立管理人才之脉；工管结合，成就"东方MIT"之美誉。从交大走出的人才创造了中国第一台中文打字机、第一个无线电台、第一台内燃机，对中国近代工业的起步发挥了不可替代的作用。

到20世纪中叶，经历了院系调整和主体西迁的交通大学，裂体繁殖，为新中国的高等教育体系做出了巨大贡献。改革开放之后，交通大学师生的革新精神再一次迸发。首派教授代表团访美，开启了"中美高等教育界的破冰之旅"；首受海外巨额捐赠，开创中国高校引进外资办学之先河；更引人瞩目的是，率先探索高校"管理体制"改革，其成就被写进国务院《政府工作报告》。高等教育界一时有了"农村改革领头羊是安徽凤阳小岗村，高校改革排头兵非交通大学莫属"之说。交大在革新之路上不断超越自我，交大人一脉相承的创新精神得到了更大激发。交大培养出的一大批杰出人才创造了中国的无数个第一：第一枚运载火箭、第一艘核潜艇、第一艘气垫船、第一代战斗机、第一艘深海救生艇、第一例心脏二尖瓣分离、第一例心脏移植等成果，在中华民族复兴的伟业中，彪炳史册。

20世纪80年代，交大人敏锐地意识到，徐汇校区的办学空间将不能满足长远发展的需要，学校果断地做出"二次创业"的主动选择——开拓闵行新校区！经过二十多年精心建设，一个比肩世界一流大学的新校园已然成型。今天的闵行校区绿树成荫，繁花似锦，师生徜徉于知识的海洋，书写精彩的人生诗篇。办学空间的拓展，为各学科的快速发展奠定了基础，更为探索国际一流的办学创造了条件。90年代的中国，经济飞速发展，但一流的工商管理人才相当匮乏，制约了国家经济社会的发展。正如30年代开设管科一样，交大在上海市政府的支持下，极富远见地与欧盟委员会共同创立了中欧国际工商学院，经过二十多年的探索和实践，成就了今日亚洲第一商学院。同样，迈入21世纪，为培养世界一流的工科人才，交大联合美国名校密西根大学创立交大密西根学院；历经九年创业，交大密西根学院已经成为国际合作办学的典范，去年荣获国际教育最高荣誉——"海斯克尔国际教育革新奖"，成为首个获奖的中国教育机构。交大人的创新精神，让交大再一次走到时代的前列，在风云际会中独领风骚！

2006年，交通大学迎来了110周年华诞，这时的交通大学，综合实力显著增强，社会声望鹊起，被誉为"改革开放以来发展最快的大学之一"。1947届校友、敬爱的江泽民学长回到母校，看望师生，视察闵行校区，并为母校题词"思源致远"。这四个字饱含着老学长对母校的殷切期待，勉励我们不仅要继承老交大"饮水思源"的优良传统，更要瞄准世界一流，在不断的改革创新中超越梦想，实现新的百年辉煌，这是对感恩、责任、激情、梦想的高度凝练，更是对交大人敢为人先的创新精神的最好诠释！

立足未来发展，交大人对大学的本质和使命进行了深入的思考。大学存在的价值在于源源不断地为社会创造创新活力。对于中国，大学的作用更加重要。当前，中国经济社会发展正面临转型，转型的关键在于由要素驱动向创新驱动的转变，中国大学理应承担起更大责任，成为推动经济社会转型的创新引擎和源泉。

在这样的使命意识之下，全校上下凝心聚力，众志成城，在世界一流大学建设的创新之路上勇往直前。2014年，继清华大学、北京大学之后，交通大学的综合改革方案获得国家批准。社会媒体评论道，交大提出的"建立以制度激励为核心的现代大学治理体系"是面向世界一流的建设理念；这必将充分

（来自"视觉交大"）

激发师生的创新活力。

今天，当你走入交大的实验室，你会发现：老师和同学们在好奇心和使命的双力驱动下，醉心于有趣且有重要意义的创新研究，服务祖国、造福人类。在距离地球38万公里的月球上，昼夜温差高达300多摄氏度，"玉兔号"月球车灵巧地巡视月面，其身上的数千件特殊材料构件凝结着交大智慧。暗物质和暗能量是目前宇宙学研究中最具挑战性的课题，因为，这代表着宇宙中超过90%以上的未知。在四川锦屏山2 400米深的地洞里，有一群交大人正在孜孜不倦地探索着暗物质的构成。在浩瀚的南海深处，交大人自主研制的4 500米级深海无人遥控潜水器——"海马号"正在探测作业，标志着我国全面掌握了深海无人遥控潜水器的相关核心技术，在大海深处谱写着一代中国人的强国梦。在第十五届中国国际工业博览会上，一个"章鱼侠"六爪仿生机器人展品前人头攒动，引发高度关注，这是高峰教授团队历时十余年的研究成果，使我国仿生机器人挤进国际先进列。在应对雾霾问题的汽车燃烧减排研究上，黄震教授团队建立新的燃料设计理论，能够让未来汽车根据不同行驶工况，喝上"聪明燃料"，实现"零排放"。在彩云之南的苍山下，孔海南教授团队已坚守十三年，走遍洱海流域的小溪深涧，潜心水污染治理，换回洱海水清月明。在东海之滨的齐鲁大地，张永明教授扎根企业一线，钻研十载，成功完成了全氟离子膜从实验室研究到工程化技术的重大突破，打破了西方的长期垄断。在危及人类生命健康的重大疾病中，面对凶险难测的急性早幼粒细胞白血病，王振义院士开创性地应用诱导分化疗法，使患者的"五年无病生存率"从25%跃升至95%。在事关人类正义的东京审判研究中，程兆奇、向隆万教

（来自"视觉交大"）

授领衔的团队取得的成果，改变了六十年来由日本和西方学者控制话语权的局面，为人类和平做出贡献。在社会认知与行为科学研究上，葛岩教授团队使用功能性核磁共振成像方法，探索广告等信息线索如何自动激发社会行为，开拓出学科交叉的一片新天地。

除此之外，交大师生们还研究发现纳米材料全新力学现象、发现肾上腺素肿瘤致病基因、发现治疗帕金森病天然产物；在太阳能电池制备机理、集成化量子信息存储器件、合成光学活性无机材料、生长素调控植物气孔发育等众多研究前沿取得重要突破；全校已有100多位教授成为重要国际学术组织的fellow，展示了他们在国际上的重要学术影响；2014年交大在惯性约束核聚变、高新船舶与深海开发装备、未来媒体网络等领域的三个协同创新中心获得国家认定，成为全国获认定数量最多的高校，集中体现了学校的核心创新能力。

交大人的创新研究令人振奋，他们的创新激情更让我们感动。我们有一位80后的教授，他的名字叫向导。向导回国前在斯坦福大学直线加速器研究中心担任研究员，曾获得美国能源部青年科学家奖。然而，向导老师放弃了国外优厚的条件，毅然回到中国，投身交大，从事四维超高时空分辨的电子衍射与成像系统的研究，成为青年973项目的首席科学家，其研究成果将大大提升人类对物质动态结构的认识！有人问他为什么一直对科学研究充满热爱与激情，他总是笑着说："每天做自己喜欢做的事，本身就是一种幸福。"这就是交大青年教师的真实写照，当每个教师内心深处的自主创新活力不断被激发，整个大学的创新活力将不断涌现！

曾有人问：跨越三个世纪，在每一个关键时刻，为什么交大人总能敏锐地抓住发展机遇？我想，其根本原因正是在于：在交大人身上所体现的引领时代的革新精神，融入根骨的创新基因，超越梦想的无限激情，在历史变迁中从未丢失，且愈久弥坚、日久弥彰！

纵观人类历史，社会的每一次发展与科技的进步息息相关。当前，"互联网＋"已经逐渐成为这个时代的特征，新一轮科技革命蓄势待发，中国正处在创新驱动、转型发展的关键时期，抓住这次百年不遇的历史机遇，是实现中华民族伟大复兴中国梦的必然选择，作为社会创新引擎的大学应当发挥不可替代的作用，与生俱来的创新基因必将激励交大人加速再出发！

大学因创新而卓越，人类因创新而进步！吾辈交大人当励精图治，秉持交大革新精神，传承交大创新基因，续写交大恢宏篇章，不负交大卓越之名！

谢谢大家！

延伸阅读：孔海南

我是上海交通大学环境科学与工程学院的讲席教授孔海南。2000 年 3 月，我从日本国立环境研究所归国，应聘加入了上海交通大学，回国后的第一项主要工作是参与策划"国家水污染控制与治理重大专项（后简称国家水专项）"，后来作为负责人带领上海交通大学科研团队主持承担了"十一五"以及"十二五"期间的国家水专项洱海项目，至今已在云南省大理州的洱海流域坚守了十六年以上。

我与张杰校长的结识也与洱海有关，那是 2015 年的春节，张杰校长赴大理州洱海流域周边的洱源、宾川考察，踏勘了典型乡镇上关、下关、喜洲、双廊，还有茈碧湖、海舌湿地现场。来之前张杰校长没有联系云南地方政府，也没有通知我们水专项洱海团队，在春节那 5 天里，亲自考察了旅游产业井喷式无序发展对洱海湖区水生态与水质的恶劣影响。

考察结束后，张杰校长找到我们，共同讨论了如何解决洱海水生态环境，就如何开展整个洱海流域"山水林田湖"的绿色生态文明建设展开部署，除此之外，还对学校在洱海当地"扶贫与支教"等方面的工作进行了重要指导。后来张校长专门给国务院总理办公室、时任国家环境保护部部长陈吉宁、时任云南省委书记李纪恒写信，为后续的水专项"洱海项目"提出建议。

在国家和学校的全力支持下，经过十数年的治理工作，洱海项目得到国家科技部、发改委、财政部等三部委，环保部（注：现为生态环境部）、国家水专项办公室以及云南省、大理州等方方面面的好评。中央电视台专题报道十六个重大专项成果中，专题报道了洱海项目的成果；《人民日报》《科技日报》《中国环境报》均大篇幅报道了我和团队。李克强总理2013年5月批示："控制农村面源污染使洱海重现一泓清水，相关经验注意总结，以资借鉴。"

2014年，上海交通大学与云南省政府、大理州政府共同建立了上海交通大学云南（大理）研究院。2015年1月20日，习近平总书记亲自来到大理，视察了洱海，他同当地干部合影后说："立此存照，过几年再来，希望水更干净清澈。"2019年3月，韩正副总理来洱海视察，我与交大大理研究院院长王欣泽向国务院代表团系统汇报洱海水生态环境治理成果及面临的挑战，韩正副总理明确指出：生态环境保护是十九大提出的"三大攻坚战"之一，习近平总书记十分惦记洱海。

在洱海考察船上，韩正副总理问我："你认为到洱海水生态环境全面改善、水质稳定恢复需要多长时间？"我当时回答："大约需要二十年左右。"他听了后说："正如习近平总书记所说'久久为功'……"韩正副总理这句话让我陷入深思。我们的水专项已经结题了，为了长久地保护洱海，我们获批了国家级野外观测站，根据国家相关部门的要求，我们需要在洱海流域再进行十年以上的长期野外观测与研究。有了平台，更需要的还是人才。经和家人商量，我拿出自己的积蓄200万元，中国水环境集团捐出200万元，共同发起设立了"洱海保护人才教育基金"，用于鼓励并资助年轻学子成为洱海保护的后继人才，只有一代代的年轻人前赴后继，才能真正守得洱海水清月明。

这十余年的坚守，让交大与定点扶贫的大理州洱源县也结下了深厚的沪滇情谊。2020年5月即将退休的时候，我经过多次实地调研和咨询园艺专家，准备购买大理樱花移栽到我们的校园。令人感动的是，大理州洱源县与大理大学得知后，立即决定向交大无偿提供60棵滇樱花树苗和10棵云南早樱花成树，在交大校园内建立"大理滇樱园"。今年春天，经过近一年的维护，这些樱花已经在交大校园里悄然绽放，成为春天里格外明媚的风景。

除了滇樱，我们还将生长在洱海中的海菜花、茈碧花移植到了交大南苏园水域中，让师生能在校园中观摩"微型洱海"。"海菜花"是一种被视为"水质风向标"的濒危水生植物，它适应环境能力较弱，在洱海一度难觅踪影。2019年洱海水质实现全年7个月Ⅱ类，对水质要求极为苛刻的海菜花又大量盛开，成为当地农户重要的"致富菜"，真正做到了"将绿水青山转化为金山银山"。而茈碧花，则是对于水质要求更高、更为珍贵的品种，因主要生长在大理州洱源县的茈碧湖中，所以叫茈碧花，又叫茈碧莲。为了让南苏园的水质达到洱海的水平，在教服集团的支持下，我们团队在南苏园搭建了净水处理装置。今后，珍贵美丽的海菜花、茈碧花将"盛放"在交大校园，供广大师生学习参观，它们象征着跨越山海的沪滇情谊，也是交大科技助力国家生态文明建设的最好见证。

一直以来，张杰校长深入调研的工作作风、心怀家国的奉献精神，令我非常敬佩。我对学生们说的最多的一句话就是："将自己的人生设计与祖国的明天、民族的发展、社会的需求联系在一起，一辈子都不会后悔。"这二十年来，一批又一批的青年人才学成归国，加入了交大、加入环境学院，成为学校快速发展的生力军，"不汲汲于富贵，不戚戚于清贫"，他们正和我们一道，投身于守护祖国绿水青山的学术理想和科研实践中，见证着代代相传的沪滇情谊。

延伸阅读：向导

　　我是向导，交大物理与天文学院特聘教授，从事基于加速器的超快科学装置和应用方面的研究，2013年底我从斯坦福大学直线加速器中心来到上海交大工作。与张杰校长的结识缘于当时交大获批基金委国家重大科研仪器项目，计划建设世界最先进的基于加速器的超快电子衍射和超快电镜。这个项目与我的研究方向非常契合，张杰校长因此辗转找到我，邀请我回国担任项目的技术负责人。在短暂交流中，除了项目本身的重要性和前瞻性对我的吸引之外，我也被张杰校长的人格魅力所感染；我意识到这是一个极具挑战性的项目，于国家和学校都具有极其重大的意义，那时我国的硬X射线自由电子激光项目尚未立项（2017年立项），在这类耗资数十亿的大科学装置未运行前，超快电子衍射是我国科学家开展原子尺度超快结构动力学研究的唯一手段。尽管在当时我已经拿到斯坦福直线加速器中心的永久职位及美国能源部青年科学家奖，正处于事业的上升期，但仍决定将该奖项余下的170万美元科研经费退还给美国能源部，全职回国工作。

　　在我回国之初，张杰校长曾问我除了学校提供的引进人才的标准待遇之外，是否有额外要求，我说我的要求就是"做自己喜欢做的事，做别人没有做过的事，做对国家有用的事"，回国参与这个项目已经满足了我的所有要求。之后在张杰校长的领导下，我们在规定的时间规定的预算内圆满完成了该项目，建设了世界最高水平的超快电子衍射系统，利用这套系统进行的第一个科学实验的成果便发表在《自然》杂志上，同时这个系统也将美国同行保持多年的分辨率世界纪录提高了3倍以上。

张杰校长是一位有远见和智慧的优秀领导者，既站在学校发展的高度来制定发展规划，又站在师生的角度考虑政策的可执行性，还综合考虑下属的工作感受和成长路径。我们以超快电子衍射和超快电镜为基础，后续筹建了超快科学中心，充分发挥时间这个维度在科学研究中的作用，而超快科学中心也成为学校新建的张江高等研究院的五个中心之一；这些发展都得益于多年前张杰校长在本领域的前瞻性布局。

回到我个人的发展，2013年底回国工作是我至今做过的最正确的决定，十分感谢张杰校长给予我学以致用为国效力的机会。决定终点的不是起点，而是转折点，即在一个个岔路口的选择；青年人应当将个人的事业同国家的发展和民族的命运结合在一起，倍加珍惜新时代下干事创业的机会和平台，抓住百年未有之大变局下的重要战略机遇期，为中华民族的伟大复兴贡献自己的力量。

创新与交大之道

——建校 118 周年纪念大会演讲

建校 118 周年纪念大会演讲
2014/4/12

各位来宾，各位校友，老师们，同学们，全体交大人：

大家好！今天我们欢聚于此，庆祝一所伟大的大学 118 岁生日。

一所大学之所以伟大，就在于她始终秉承大学精神，坚持真理，以其特有的创新追求，引领国家发展与人类社会进步。交通大学自创立之日起，始终与国家民族的命运休戚与共。

一百二十年前，甲午战败，中华民族遭遇"数千年未有之变局"，盛公宣怀抱定"自强首在储才，储才必先兴学"之宏愿，奏立南洋公学，是为"近代中国新式教育有系统组织之肇端"。创校伊始，首开师范院，继设中上两院，创特班，遭留学，设译院，创"小学—中学—大学"之完整教育体系，成为中国近代分级教育制度的起始。

20世纪初，唐公文治执掌校务，为应对实业人才奇缺的困局，他首立工科，创设管科，同时参照西方名校，引国外原版教材、揽外籍专家教师，造就与欧美颉颃争胜的"具一等品行的一等人才"。自二三十年代起，学校顺应科学与工程结合的趋势，突破单一的工科办学模式，扩充为"理、工、管"结合的综合性大学，被誉为早期交大发展的"黄金时代"，成就"东方MIT"之美名。彼时的交通大学，治校严谨，学风蔚然，人才辈出，培养出以江泽民、钱学森、陆定一、汪道涵、吴文俊、徐光宪、蔡锷、黄炎培、李叔同、邹韬奋等为代表的一大批卓越人才。

新中国成立之初，院系调整，交大数学、物理、化学、管理、化工、土木、航空、纺织、水利、电讯等主力学科悉数调出，为新中国高等教育发展贡献巨大。仅过四年，又逢西迁，为服务国家大局，交大人捡拾行囊，以大无畏的英勇气概和拓荒者的奋斗精神，义无反顾，奔赴大西北。六七十年代，为应对美苏霸权威胁，交大人知难而上，服务国防，新中国第一枚运载火箭、第一颗人造卫星、第一艘核潜艇、第一代战斗机、第一艘万吨轮……均烙交大印迹，彰显交大校友智慧。改革开放伊始，万象复苏，交大敢为天下先，破除僵化思想，首出国门、首受捐赠、首改体制、首建新校区，开全国之先河，创改革之新风！

1996年，百年校庆之际，1947届校友江泽民学长提出把交大建设成世界一流大学的期望，自此学校进入了快速发展的轨道。交大抢抓机遇，乘势而上，率先进入"211、985工程"，与原上海农学院、原上海第二医科大学强强合并，并大力发展空天、核电、软件、生物医药、新能源等新兴和交叉学科，完成了现代化综合性大学的布局。近十年来，交大继续锐意改革，内涵发展，追求卓越，完成闵行战略转移，倡导"问题导向"的科学研究，构建"三位一体"的人才培养体系，将交大置于世界一流的参照系中，广揽全球硕学名师，完善大学治理结构，走中国特色之路、世界一流之梦渐行渐明！

"立国之要，以教育为命根，必学术日新，而国家乃有振新之望，此必然之理。"交通大学应"维新变法"图强的需要而生，因践行"实业救国"的理想而兴，以"敢为人先"的创举而重新崛起。百十年来，在交大人身上总有一种精神在涌动，那是一种受命于危难挺身而出的不屈精神，是一种将自身命运与国家前途紧密相连的实干精神，更加重要的是一种引领潮流、与日俱进的创新精神。岁月流转、薪火传承，这种创新基因已深深融入交大血脉，指引交大人不断攻坚克难，成就了跨越三个世纪的荣耀与辉煌！

大学兴则国兴，大学强则国强。大学之于社会的根本生命力就在于创新。作为知识创新的高地，大学的人文精神和学术追求决定着国家和社会的未来。当前，中华民族正处于伟大复兴的关键时期，创新驱动、转型发展是必由之路。面对时代所赋予的使命与责任，交通大学理应辉煌再启，成为中国经济社会发展的创新引擎和动力源泉。有基于此，交通大学必须为社会发展构筑卓越的三大创新体系。其一，要建成创新人才的成长体系，大师云集，人才辈出。其二，要建成科学技术创新的体系，为社会发展源源不断地创造出新科技，输出新成果。其三，尤为重要的是建成创新思想和文化的体系，坚守理想，引领风尚。交通大学的一流之梦，就是要建成卓越的三大创新体系，既推动社会的发展，也实现学校自身的进步。

校友们，老师们，同学们，今天，交通大学在逐梦之路上已渐入佳境，世界一流的轮廓已清晰可见。

——"人才者，国家之命根也；学堂者，又人才之命根也。"学校筑巢引凤，四方纳才，搭建人才成长阶梯，一大批已在海外引领世界新思想新科技的大师学者全职加盟，剑指一流的"人才金字塔"日益完备，"近者悦，远者来"的学术圣地浸明浸昌。

——"天下之所仰赖者，非学生而谁赖？"今日的交大学子们徜徉在"崇尚真理，追求卓越"的学术氛围中，与大师巨擘思想碰撞、教学相长，在被誉为"世界上最聪明人比赛"的ACM竞赛、"挑战杯"等大赛上折桂问鼎、摘金夺银。交大密西根学院、致远学院等所育学子堪比世界一流大学，毕业生或潜心治学、创新求真、厚积薄发，或扎根基层、学以致用、领军行业。

——学术研究乃立校之魂。"问题导向"的学术探究正成为师生的自觉追求，体现学校创新活力的国家自然科学基金连续多年拔得头筹，科研成果连续两年入选"Science世界十大科学突破"，急性早幼粒细胞白血病已被攻克，全氟离子膜为国家填补了空白，打破了国外技术垄断……对接国家战略需求的重大发现频出，国内外学术影响力快速跃升。

这些创新实践已经结出硕果，学校被誉为改革开放以来发展最快、最具活力的大学之一。在国内大学排名中稳居国内前列，在世界大学学术排名中进入世界两百强，法国总统、英国首相同年相继来访，学校的国际知名度日益扩大。

站在新的历史节点上，构建为社会发展所需要的卓越的三大创新体系，我们仍然任重而道远。展望未来，交大人要继续

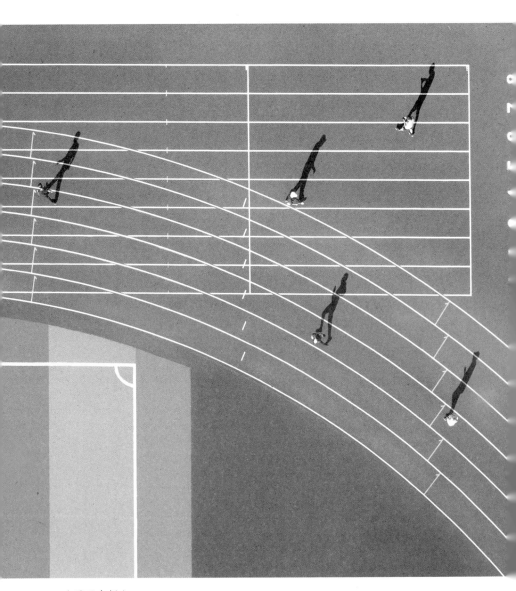

（周思未摄）

秉持与日俱进的创新意识和敢为人先的创新胆略，努力实现三大转变。其一，在发展模式上，要从"行政主导"转变为"学术主导"，学术至上、教授治学。其二，在管理模式上，要从"校办院"转变为"院办校"，强化院为实体，激发创新活力。其三，在激励方式上，要从"学校要求发展"转变为"师生自我价值实现"，让所有师生放飞希望，成就梦想。未来的交通大学，必将是一所大师云集、人才辈出、科技成果和人文思想交相辉映，在国家富强、民族复兴和人类文明进步的进程中贡献卓著的一流大学。在这个充满大爱的校园里，教师享有尊严

（周思未摄）

感，学生富有自豪感，管理人员拥有成就感，校友则为世界一流之母校倍有荣誉感！

宣怀旧路，花开花谢；叔同长亭，桃李芳菲。老中院前的梧桐依然繁茂，大草坪旁"与日俱进"的日晷依然精准，执信西斋前的"饮水思源"碑依然矗立，它们记录了交大118年来的变迁与发展，并将见证百年交大新的荣耀与辉煌！

各位校友、全体交大人，我们曾经遐想的愿景已然显现，交大一流之梦已不再遥远。吾辈当传承储才、强国、兴邦之使命，弘扬交大之精神，为民族之复兴、社会之进步、人类之文明，再创百年辉煌！

谢谢大家！

交大 2020：让梦想照亮现实

——建校 117 周年纪念大会演讲

建校117周年纪念大会演讲

2013/4/13

尊敬的各位来宾，各位校友，老师们，同学们，全球各地的交大人：

大家好！今天我们欢聚一堂，庆祝交通大学建校117周年。117年前，因"兴学、储才、自强"之梦想，今日交大之前身南洋公学应运而生。一百一十多年来，交通大学始终在追寻梦想的道路上奋力前行。从建校之初的"精英治国"梦，到20世纪30年代的"实业救国"梦，再到改革开放初期的"知识立国"梦，交大人无时无刻不将自己的梦想与民族之振兴、国家之富强联系在一起，坚毅前行！百年校庆之后，交通大学建设"世界一流大学"的新的梦想与追求，更是承担了人才强国和改革创新的使命，肩负了支撑中华民族伟大复兴的历史责任。

人类因拥有梦想而走向光明，社会因追求梦想而不断进步。今日之中国，正处于民族复兴的伟大时代。我们不仅拥有梦想，而且能够通过努力实现梦想。在历经磨难之后，中国仅仅用了三十多年的时间，便走过了发达国家一百多年的发展道路。曾经遥不可及的无数梦想，今天已经成为现实。我们在梦想"仓廪"殷实的同时，希冀灵魂的"洗礼"；我们在追求经济腾飞的过程中，期待生态的美好。我们追求着梦想，同时从来不曾忘记梦想的根源与承载。唯有如此，我们才有实力支撑民族复兴，让这一鼓舞了无数中华儿女的千百年来最伟大的中国梦成为现实！

大学是年轻人梦想开始的地方，是创造梦想、实现梦想的圣地和温床。大学不仅为每一个人提供了改变命运、人生出彩的机会，更为祖国建设、民族复兴提供了人才保障和智力支撑。人类有了大学，历史改变了面貌。如所熟知，正是因为交通大学，中国有了最早的内燃机、最早的电动机、最早的中文打字机。正是受益于交大的培养，交大人参与设计了新中国第一艘万吨轮、第一艘核潜艇、第一枚运载火箭、第一颗人造卫星、第一艘航空母舰。交通大学与交大人在中国现代化的历史进程中，曾经并将继续发挥不可替代的作用。

　　这一切都说明，中国梦的根基在于人才。中国梦的美好，在于大学拥有世界一流的梦想。在民族复兴的伟大梦想中，大学提供着科技与文化，输送着人才和思想。大学是知识的传承者和创造者，是人类思想、精神和文明的制高点，是社会公平、正义和良心的坚强堡垒。有基于此，文明始成！有基于此，民族乃兴！在实现民族复兴中国梦的伟大征程中，交通大学志存高远，奋力前行。

　　在今天这样一个特殊的日子，我愿告慰每一位校友：经过一代代交大人前赴后继的不懈努力，交大2020的梦想行将照亮现实，也就是说，到2020年，交通大学建设世界一流大学

（周思未摄）

的美好梦想，将初步得以实现！这是基础坚实的交大梦，更是真抓实干的交大梦。我相信，这正是海内外几十万交大人共同的期待和由衷的心声！

待到梦想成真的一天，交通大学将成为学术大师会聚、创新人才辈出、科技高峰涌现、交叉学科崛起、办学设施先进、校园环境优美、社会贡献卓著的"综合性、研究型、国际化"的世界一流大学。交通大学将成为人类知识的殿堂、全球学术的重镇、国家创新的源泉、精英成长的沃土。包括在座的同学们在内，几代交大人的夙愿，将最终得以实现！

2020年的交通大学将树木育人，建成硕学鸿儒四方辐辏、创新人才十步芳草、神州内外交往互动的人才成长体系。从交通大学的校门将走出未来国家重点行业的领军人才、跨行业的领袖人物、新兴领域的开拓者，将拥有更多声誉崇高卓著的杰出校友，将成为"近者悦而尽才，远者望风而慕"的世界一流人才基地。

2020年的交通大学将资研襄教，建成学界巨擘荟萃、中西文明会通的科技创新体系。交通大学将独力或协同攻克制约我国经济社会发展的重大科技难题，将解答民族复兴进程中的重大社会关切，将产生影响全球面貌和人类生活方式的原创成果，成为人类进步的科学引擎。

2020年的交通大学将厚积薄发，形成推动人类发展、倡导文明进程、促进社会进步的卓越文化引领体系。交通大学"感恩、责任、激情、梦想"的品格将沁入校园的每一方水土，"思源致远"的人文精神将融入每一位交大人的血脉情怀，交通大学将成为"真理之花"与"邦国之荣华"交相辉映的殿堂，为人类文明贡献中国特色的文化积淀。

2020年的交通大学将包容大气、海纳百川，形成尊重知识、尊重人才、尊重劳动、人人平等的校园文化。在这里，学院系科机关部处将和谐如一，有机运作，各级各类人才和普通劳动者将共同拥有文化的认同、情感的归属、心灵的愉悦和事业的成就。交通大学将成为所有交大人的心灵港湾和精神家园。

各位校友、全体交大人，梦想给了我们追求的目标、遐想的空间和发展的动力。不是成功者才有梦，而是有梦者才成功。传承历史，立足当下，开辟未来，我们不仅仅是"交大梦"的拥有者，我们更是"交大梦"的实践者。希望每一位交大人，尤其是年轻人、后来人不负青春年华，勇敢地面对一切挑战，坚持不懈地追求梦想。成功将属于追梦者。祝愿每一位交大人，脚踏实地，奋发有为，为自己的事业梦、生活梦，为交大梦和中国梦，添上一笔充满个性的绚丽色彩！

历史将为我们作证，梦想必将在这里实现！

谢谢大家！

第 3 篇

人文之光

大学诞生于人类的梦想，以培养人、造就人为己任，尊重和光大人类的梦想。

大学又以真理的光芒照亮了人类的未来，给人类以梦想和希望。

正是在这里，你们找到了交大人的追求，发现了交大人独立思考、追求真理、坚持梦想的力量。

无论你们未来奔赴何方，无论未来的岁月如何千帆过尽，我都希望你们在心灵的最深处为梦想保留一隅宁静的角落，永怀梦想全力以赴，让人生像焰火绽放最璀璨的光芒！

梦想，让人生绽放光芒

——2016届本科生毕业典礼演讲

2016届本科生毕业典礼演讲
2016/7/3

亲爱的毕业生同学们：

　　大家好！

　　四年前，我在这里迎接同学们的到来，并为大家上了第一堂课，期待你们"闻道、问道、悟道"，在交大度过充实而有意义的大学时光。对当时的你们而言，大学四年是很长的时间，于是你们开玩笑说你们将在猴年马月毕业。当时的你们还不知交大有梦想成真的神奇，还想象不到你们的玩笑话竟然会真的兑现。今天，公元2016年7月3日，正是农历丙申年，猴年马月的最后一天，你们竟然真的在这个日子毕业了！让我们永远牢记这个专属于你们的毕业纪念日，让我们一起为你们走

（来自"视觉交大"）

过的这段求学之路，为新的人生起点而喝彩鼓掌！

　　同学们，经历了毕业典礼这最后一堂课，你们就要离开交大，开启自己人生的新境界。此时此刻，作为你们的师长和朝夕相处的"杰哥"，我最关心的是，怎样才能使你们在未来生活得更加快乐、坚强而有成。我想是梦想，只有梦想才能让人生绽放光芒、乐在其中、坚不可摧、终有所成。

先说快乐。快乐是心灵的愉悦，精神上的振奋与满足。这是我最希望的大家今后的生活状态。快乐看似容易，但是随着年龄越增长，却似乎越难获得。只有不停地追逐梦想的人才会收获人生中最大的快乐。这是两天前，在交大致远学院的毕业典礼上，2012届毕业生谈安迪告诉我们的。在过去的四年时间里，他们一直在四川锦屏山中2 400多米埋深的地下实验室里，夜以继日地追寻暗物质直接探测的梦想。很多人都钦佩他们，夸奖说："你们真了不起，一年三百六十五天中，三百多天待在山里，没有周末没有假期，经常几个月都见不到太阳，因为早上进实验室的时候太阳还在东边的大山背后，半夜出实验室时，太阳已在地球的另一边。"对于这样的赞叹，谈安迪开玩笑地说，夸得还不够，让赞美来得更加猛烈一些吧！因为，别人只看到了他们的艰辛，却无法感受到他们的快乐——那种源于热爱、源于梦想、发自内心的快乐！

高强度的生活状态从未让他们感到身心疲惫，相反却让他们时常感到无比亢奋。他告诉我说，当他躺在床上闭上眼睛，回想起他们设计的探测器中氙-127电子俘获的整个衰变过程时，他的理解与实验的观测哪儿哪儿都符合，哪儿哪儿都能对上时，他感觉自己真正洞见了这个宇宙的某些运行机理！还有什么能比这样的生活方式更快乐呢？每一次实验，背后都可能隐藏着大自然的奥秘和规律。每一个数据、每一次进展，都会给他带来在点滴中日益接近梦想的快乐。这是一种无与伦比的感觉，甚至可以说深刻而永恒的感觉。对于学者来说，这种感觉就是最大的快乐，因为它源于内心深处的需要，源于对人生梦想的追求。谈安迪说："每天都能体会到被梦想叫醒的幸福，这就是人生最大的快乐！"

再论坚强。虽然快乐的人生令人向往，但未来并不总是一片坦途。一旦期待化为泡影，现实把你深深地刺伤，拿什么来支撑你的坚强？是梦想，敢于梦想的人始终坚强。在这里，我想推荐大家看一部电影，名字叫《我的诗篇》，去年荣获上海国际电影节金爵奖最佳纪录片，片子的导演是交大媒设学院2003届毕业生吴飞跃。

影片讲述了这样一群工人，他们是叉车工、充绒工、爆破工、洗衣工、制衣工，同时他们还是一群特殊的诗人。他们在地心幽暗处工作，终日难见阳光；他们与炸药打交道，时时面对生死考验；他们日夜奔走，只为一份养家糊口的生计。然而无论生活为他们套上多么沉重的枷锁，无论前途有多少荆棘，看似"无用"的诗歌，却始终是他们内心朴实的梦想。

于是，在空旷寂寥的荒山、在潮湿闷热的厂房，诗歌与每一个怀揣梦想的心灵相遇，让他们在艰苦磨难中变得坚强。

1984年出生的制衣女工邬霞，年龄上只能算你们的大姐，但她从四川农村到深圳打工已经整整19年。在这19年里，贫穷和艰辛一直跟随着她，却从来没有将她打倒。上班时，她在车间一干就是10个小时，裁剪、缝纫、熨烫、折叠……车间里总是弥漫着湿漉漉的蒸汽和劳作的汗味。少女时代洁白光润的双手早已在日复一日的辛勤劳作中变得粗糙难看。下了班，回到不足10平方米的小屋，她还要照顾年幼的女儿，精打细算为重病的父亲治病。然而，即使是挣扎着生活，邬霞也从来没有忘记她的梦想，她读诗写诗，在10多年的时间里，创作了300多首诗歌，字字浸润着对美好生活的向往和热爱。

终于有一天，她穿着地摊上买来的70元钱的吊带裙，从容优雅地走上了上海电影节的红地毯，向整个世界诉说着她诗歌中蕴藏的美好理想。她在电影中的一句话让我深感震撼："就算是有块石头压着我，我也一定要倔强地推开那块石头，昂起脑袋，向着阳光生长。"人之所以身处逆境而不屈，面对困难而坚强，不是因为期盼眼前的利益，而是因为人们心中拥有梦想。正如马丁·路德·金所说，"如果你的梦想仍然站立，那就没有谁能让你倒下"。

三看有成。人类因梦想而伟大。人生总是期待梦想有成。所谓梦想有成，不论小有所成，还是终成大器，总是充满了阳光和色彩，无一例外地会使人生充盈，境界升华。这些年来，我有幸接触过不少真正梦想有成的校友，比如年届九旬的卢燕学长，就是其中的集大成者。她为人亲和，业内都亲切地称她"大姐"。她坚忍执着，在舞台和银幕上诠释人生是她的梦想和一生的挚爱。

卢燕学长1945年就读于交通大学财务管理系，在校读书时，她就钟情于表演，出演话剧《雷雨》获得巨大成功，让她心中的演艺梦想生根发芽。1947年赴美，由于形势变化，求学梦碎，为了生计，她不断地在图书馆管理员、报馆记者、国语教师等各种角色间切换，后在檀香山最大的医院找到了一份出纳的工作，此后，凭借在交大读书时打下的专业基础，四年时间便升任医院的财务总监。那时的她已过而立之年，养育了三个儿女，日子过得富足、平淡而充实，但是在她内心深处儿时即植根的演艺梦想却不可遏制地迸发出力量。当然，转行意味着面对一切尽属未知的前途，但更意味着一个不辜负平生的交代。于是，经历了刻苦钻研，她迅速成长为巴莎迪娜戏剧学院最优等生，担纲毕业大戏主演。她去各个剧组应征，不放弃任何可以提升演技的小角色，赢得了"one take Lisa"的美誉；她和詹姆斯·史都华、马龙·白兰度等奥斯卡影帝合作拍摄电影，她还是当时最热播美剧的常驻演员，开创了华人演员在好莱坞的新时代。

在那个东西方文化隔阂很深的年代，卢燕不屈从程式化表演，常为华人形象的客观塑造据理力争。为了获得更多的出演机会，卢燕走进华语电影，她主演了《董夫人》《倾国倾城》《十四女英豪》等影片，赢得三座金马奖。她在表演艺术上的成就和东西方文化交流上的贡献，使她在国际电影界获得了崇高的声誉和地位，但她却说，梦想最闪亮的地方不是因为成功，而是坚持一直在场。

杖朝之年的她，依然活跃在影片中、舞台上，《姨妈的后现代生活》《2012》《危险关系》等电影的大牌导演纷纷向她邀约，这是向殿堂级演员致敬的一种表达。就在几个月前，在90岁高龄之际，卢燕学长又一次登上舞台，在时长八个小时的话剧《如梦之梦》中扮演重要角色，让人们在时光穿越中，又一次感受到了艺术的传奇和美的永恒。她在荣获"世界华人榜终身成就奖"的典礼上说道，"我希望可以一直演下去，因为舞台才是我的归宿"。

不屈从于生计，不趋附于世俗，不向年龄认输，这就是梦想的力量，这就是梦想有成！卢燕曾说，如果我们追逐一份自己爱好并给自己带来乐趣的工作，这样的人生必定是快乐的。在这里，快乐成为梦想有成的标志。卢燕的执着、卢燕的快乐、卢燕的梦想有成，让我们更深地理解了梦想之于人生的伟大意义。同学们，希望大家也能像卢燕学长那样，始终珍视自己内心深处的梦想，勇敢地追求真正的快乐，收获内心的富足与充盈！

快乐、坚强、有成，其实都是再朴素不过的人生追求。它们之所以珍贵，就在于被梦想联系在了一起。我们珍惜梦想、追求梦想，是因为它关乎人的价值，关乎国家前途和人类的命运。

人要坚持梦想，大学也是一样。大学诞生于人类的梦想，以培养人、造就人为己任，尊重和光大人类的梦想。大学又以真理的光芒照亮了人类的未来，给人类以梦想和希望。正是在这里，你们找到了交大人的追求，发现了交大人独立思考、追求真理、坚持梦想的力量。无论你们未来奔赴何方，无论未来的岁月如何千帆过尽，我都希望你们在心灵的最深处为梦想保留一隅宁静的角落，永怀梦想全力以赴，让人生像焰火绽放最璀璨的光芒！

同学们，相聚的时光总是还不够长。这四年大学生涯，相比百廿交大不过沧海一粟，却定格了你们的青春。你们总说受够了宿舍旁边的石楠花，却没发现那种你们熟悉的"校花"气味已悄悄变成了月桂的飘香；你们说进城的路途总是那么遥远，但在你们毕业之际，这个城市最繁华的街区——外滩为你

们点亮；你们还在校园里迎来了全国高校第一条赛艇道，在离开之前"亦可赛艇"；你们经常说的一句话赋予了"吃在交大"的传说新的内容，"一言不合就开吃"——元旦的加餐券，校庆的情侣喜饼，私人定制的端午粽子，麻辣牛肉味的校徽月饼，这一点一滴都是让你们一生幸福的味蕾在发芽。

你们说："时光能把我们从交大带走，但带不走的是我们在这里的专属记忆。"撷英园中春华落，思源湖畔夏草长。你们把人生最美好的一段年华留给了母校，把那些青春的梦想和炽热的誓言，镌刻在这里的一草一木之上。当此别离之时，母校要用最宽广的胸怀，最厚重的温暖，为你们启程点亮世界，为你们的未来衷心祝福！同学们，扬帆远航，去追逐梦想吧。梦想，一定会让你们的人生绽放光芒！

谢谢大家！

延伸阅读：卢燕

追梦赤子心

——在上海交通大学2014届本科生毕业典礼上的发言

校友、奥斯卡终身评委　卢燕

2014年6月29日

尊敬的姜斯宪书记，尊敬的张杰校长，尊敬的老师们，亲爱的学弟学妹：

大家好！

我非常荣幸地应邀出席母校2014届本科生毕业典礼，并作校友代表发言。看过刚刚那段视频回忆起那些青春的美好岁月，那些难以忘怀的一次一次的体验、失去和收获，我很感动。铅华洗尽，虽然沉淀下的是白发苍苍、步履蹒跚，但我希望仍旧能够继续自信地从容地迈进。

几个月前张杰校长邀请我在毕业典礼上代表校友发言，欣喜之余更是心怀忐忑。我曾登上很多的舞台、领奖台，也曾经站在哈佛大学、斯坦福大学的台上，但是今天，此时此刻，站在这里，我感觉是在我八十八年的人生经历里最大的荣耀。

站在这里，与其说是和年轻的学弟学妹们分享所谓成功的经验，还不如说和同学们共享对人生的感悟，对于梦想、对于选择的理解和坚持。

　　为了实现家人寄予我成为一位银行家的梦想，高中毕业以后，我考进了交通大学的财务管理系，尽管我非常努力地学习我的专业，但是最让我快乐和难忘的还是课余跟同学们排戏、演出的时光。1945年，中国人民艰苦卓绝的抗日战争，终于迎来了最后的胜利。1947年，还没毕业的我跟母亲远渡重洋，去和姐姐一家会合团聚，希望在大洋彼岸继续我的学业，可惜事与愿违，在异国他乡，在生存面前，菁菁校园、琅琅书声只能是一个美好的寄望。我做过图书馆的管理员、报馆的记者、华侨小学的国语教师、实验室的化验员、军官学校的中文教师，一直到我在檀香山最大的医院找到了一份出纳的工作，总算是专业对口了。凭借在交大读书时学到的知识，加之中国人先天的勤奋和投入，四年的时间我就被升任为医院的财务总监，那个时候的我，已经是三个孩子的母亲了，有自己的事业，相夫教子，把少时的梦想、对表演的热爱，压在心底。我曾经认为我的人生就这样定格了，但是我不甘心，越来越觉得这样的日子没有法子激起我奋发的意志，没有法子带给我由衷的快乐，我决意做出改变。

　　选择是瞬间的，选择的过程是纠结的，然而所追求的改变却是恒远的。

　　所以在这里，我想与同学们分享的第一句话就是：追逐梦想，永远不迟。

　　我在而立之年，又去修读了戏剧专业，走上演艺之路，这在很多人看来，都是不可能的。但如果因为不能马上看到希望的曙光，还没有尝试你的追求就放弃了，那一定是会抱憾终身的。与其在垂暮之时唏嘘感叹，还不如立足当下，行动起来！常常有很多人问我，你在这个年纪为什么还要如此奔波？其实他们不了解，因为我有兴趣和爱好。在追求的过程中，很自然地会获得一种满足，欣慰，快乐和充实的感受。我期望在座的同学们，可以去追随一份你们爱好的、给予你乐趣的工作，让你不想退休的事业，那么，你的人生必定是快乐的。而快乐不正是成功的标志之一吗？

作为一名演员，我的合作者们常常觉得我太过固执，太过执着，一遍一遍地拿捏、揣摩，直到自认达到了最完美的呈现。在我看来，追求完美，是永无止境的。这也是我想和同学们分享的第二句话。

小的时候，我的母亲寄住在梅兰芳先生家里，我的父亲早逝，在我成长的过程中，梅先生对我的影响很大。那段时光，正是梅先生为表达抗日之心，蓄须明志、赋闲在家的时候。他见我一遍一遍听他的唱片，努力地学习，对京剧、昆曲着迷，他就主动教我学戏。尽管我没入梨园行，但是能够得到梅先生的指点，那是我生命中的荣幸。

记得十六岁的那年，我和葆玖一起在上海黄金大戏院登台演出。我演的是《二本虹霓关》，唱完以后，我回家向梅先生请教。他说："你做得很好，教你的身段都做到了，可是就是不到家。"这句话深深触动了我，之后，我每每做事，都尽力追求完美，用梅先生的话说就是"做事要追求到家"。

孔子说过，"取乎其上，得乎其中；取乎其中，得乎其下；取乎其下，则无所得矣"。在座的毕业生同学们，未来的你们要成为学术大师，对科学的登攀，不追求完美，怎么能够拨云见日呢？未来的你们要成为治国的英才，对社会的治理不追求完美，怎么能够造福一方呢？未来的你们要成为产业巨子，对创新的成果不追求完美，怎么能够立于不败之地呢？

这些年来，因为我做过的一些事，社会给了我莫大的褒奖。媒体界的朋友们赞我，说我是"中美文化交流的使者"。其实我不过是做了一些牵线搭桥的事情，搁在房屋买卖上的话就叫作"中介"，搁在文化活动上就不同了，就叫"使者"了，顿时高雅了许多。当然，还是有本质区别的，前者有个人的利益和企图，后者则源于内心真诚的渴望。古语说：无欲则刚。仔细想起来，我做的这些事情，本来不就是一个留恋故土的海外游子应该做的事、应有的担当吗？

作为第一批在好莱坞闯荡的中国人，个中的艰辛不言而喻。在西方镜头下的东方面孔，常常是身材矮小、学识浅薄、目无法纪、趋炎附势的化身。我所扮演的角色，总被要求按照他们所理解的"程式化"去表演，低眉顺目、扭捏作态，全然不顾是否符合生活的真实。每次我都据理力争。此后，一旦有机会，我都不遗余力地去呼吁、呐喊，通过语言、文字、镜头等各种方式，传播中国优秀的传统文化，传播人类共通的真、善、美。

在座的同学们，你们当中有很多人或将负笈海外，追求心中梦想。但是无论身在何处，请记住：不忘初心，方得始终。所以我想和同学们分享的第三句话就是：无论身在何处，永葆赤子之心。

　　今天是同学们毕业的好日子，是一个闪亮的日子，在这里，我想和同学们重温我们的校训"饮水思源，爱国荣校"。这句话多年来一直在我的心底激励着我，我相信，它也将激励未来的你们。我更相信，你们的梦想将会让我们的中国梦更加辉煌，你们的才华和追求，一定能承载中华民族的未来，你们的赤子之心将永不泯灭！

　　以上的三句话，是我人生甘苦的体验，是我送给大家的肺腑之言。

　　我昨天到达了上海，住进了南苏园。在我住的屋子里头挂着一幅字，那幅字是我们的前校长叶恭绰先生所写的，我愿意念给大家听一下其中的两句，我希望跟同学们分享："久历辛酸志始坚，丈夫玉碎愧砖全，我家遗法人知否，不给儿孙留美田。"我希望同学们记住他的遗训。我更希望你们不但要做一个有志向的人，更要做一个有中国魂的、有正气的、有德之人，这是我希望的！

　　祝你们大家好，祝你们成功！

延伸阅读：谈安迪

敬爱的张校长：

您好！收到您的来信，十分惊喜。的确时光飞逝，转眼就已毕业近十年。但2009年夏天致远学院的选拔和蔡申瓯、鄂维南等几位老师暑假为我们补习的场景回忆起来依旧历历在目；您为我们开班会，收集倾听同学们关于住宿、熄灯、断网等各方面存在的问题，并迅速解决的情形，恍如昨日。对于在交大的本科求学岁月，回想起来，我依旧感激不已。

从致远毕业以后，我有大约五年时间主要在四川锦屏山中度过，攻读博士学位，同时作为"熊猫计划"（PandaX）实验团队的一员，跟随季向东老师从事暗物质直接探测的研究工作。那些年里，我们一直在四川锦屏山中2 400多米埋深的地下实验室里，夜以继日地追寻暗物质直接探测的梦想。一年三百六十五天中，三百多天待在山里，没有周末没有假期，经常几个月都见不到太阳，因为早上进实验室的时候太阳还在东边的大山背后，半夜出实验室时，太阳已在地球的另一边。除了科研的训练之外，在锦屏山的这五年多的经历还打开了我的眼界，促使我对于社会有了更多角度、更深入的理解，更深刻地理解了我国全力"脱贫"的根本意义所在。

我现于美国普林斯顿大学物理学院任Dicke Fellow博士后研究员，加入塔利（Chris Tully）教授所领导的托勒密（PTOLEMY）实验组，从事关于探测源初中微子的研究。根据大爆炸理论，中微子在大爆炸后约一秒，与其他物质脱离了相互作用，独立传播至今，形成所谓的宇宙中微子背景。这部分中微子也被称为源初中微子，随着宇宙的膨胀，它们今天的温度仅为约1.95 K。相对于微波背景辐射，宇宙中微子背景携带着更早期的宇宙演化的关键信息。托勒密实验将利用多项前沿技术，探索制作原子化氚靶，利用氚核俘获源初中微子并发生β衰变，对此过程释放出的电子动能进行筛选，使用过渡边缘传感器（Transition Edge Sensor）精确测量电子的最终能量，计算源初中微子的质量、动量等信息。对于源初中微子的探测，将为精确宇宙学和多信使宇宙学的研究提供关键的实验依据。

在普林斯顿的近两年中，虽经历了更换实验组、调整研究方向，以及疫情的干扰，但我依然努力推进实验工作，并不断自我学习理论知识，且旁听了几门课程，从而有了一些体会和感悟。首先，是普林斯顿大学对于学生教育尤其是本科教育的重视程度，令人艳羡。这也许是美国一流大学的共同特征。教授团体与系中大量的教学辅助人员在课程设计上投入的时间和精力是令我惊讶的。我所接触到的几位实验物理学家，常常投入大量的时间去设计新的演示实验，在课堂上展示一些基础的物理学现象，并且他们大多数非常享受准备和教学的过程。迈耶斯（Peter Meyers）教授曾对我说：你会感叹有多少基础的物理现象是你并未深入了解的；就像我们做实验一样，设计一个演示实验常常遇到许多出乎意料的问题，解决这些问题并在课堂上收获同学们的惊呼和掌声是最大的乐趣所在。一些不具危险性的实验装置学生课间也可以自己摆弄。这样的演示实验看似传递知识的效率不高，而授课老师准备的时间成本很高；但它所带来的强烈的视觉冲击和偶尔的小意外却常常勾起学生极大的兴趣，相互议论并在好奇心的驱动下自主跟进和深入学习相关领域的知识。在疫情期间，我旁听的实验课程多数采用一对一视频教学的方式，实验指导老师和助教的工作量极大地增加。即使如此，他们依然接受我旁听一门研究生实验课程，并让我也参加操作部分的实验训练，对我进行一对一的指导，使我受益匪浅。

其次，是在许多课程中所融入的对学生的人文熏陶，以科学哲学和科学史为主。以我所旁听的当代宇宙学课程为例，斯坦哈特（Paul Steinhardt)教授第一周的两节课程主要阐述了科学哲学中的诸多观点和宇宙学发展的历史，高屋建瓴的梳理，给我很大的震撼。在发送的延伸阅读材料的邮件中，斯坦哈特教授时常推荐如波普尔（Karl Popper)、库恩（Thomas Kuhn）的著作的节选，并大段地论述推荐的理由及自己的观点。与同仁的交流中，我也了解到许多教授都有这样的教学风格，并为学生们所津津乐道。有的教授常常解释科学术语名词的由来，有的教授常用科学家的逸事博得同学们的开怀大笑，而有的擅长讲述课本中结论的历史探索过程以及那些在实验结果验证前难分伯仲的各种理论。如同温伯格（Steven Weinberg）教授给青年学者的建议，了解科学哲学和科学史后，那些教科书上的名字成了活生生的人，他们的故事带给我们灵感；当意识到自己的工作可能成为历史的一部分，这将带给我们动力和成就感。

最后，过去几年，由于生活状态的改变，我更多地关注国内外时事。我深深地感受到移动网络的发达导致的信息的碎片化和泛滥化。碎片化的信息看似是高效的、简单的，而这种高效实则是无效的，这种简单实则是错误的甚至虚无的。知识的学习，需要连续的、有深度的思考，与自己已有的知识体系建立各种联结，几分钟的视频或者十几分钟的音频应该只是起到抛砖引玉的作用。而现实中大量存在的问题，本质是复杂的，往往还有厚重的历史因素，并非二元对立的价值判断。将这类问题简化成是非判断的信息，我们需要谨慎对待。此外，社交网络的学习算法就每一个人不断定义着信息空间中各种信息到这个人的距离。因此，每个人都更容易甚至被动地看到与自己观点一致的信息，这些信息在人们的思想空间内构筑起一道"回音壁"，把人们束缚在各自的信息茧房中，固化其已有的观点。这样的效应正在激化种种矛盾。我们本能地畏惧未知，进而惧怕与自己不同的观点。思考这些不同的观点是纠结的，甚至有时候是痛苦的。但对于不同观点的比较和分析，辩证地看待问题，往往让我们对于自己原本观点的理解更为透彻，有时也会改变我们的观点。

敬礼！

谈安迪

2021 年 6 月 14 日

延伸阅读：吴飞跃

为（1%）³的可能性，倾尽全力

吴飞跃

我是上海交通大学人文学院1999级的学生。在来到交大前，我是一个从未走出过福建的农村孩子。父母亲靠着他们辛苦喂养的几头奶牛和每天风里来雨里去走街串巷卖出去的一杯杯牛奶，把我们家三个孩子拉扯长大、供我们读书。记不得从什么时候起，我开始有了一个模模糊糊的愿望——一定要比父辈走得更远一些，靠自己的努力创业，让家人过上更好的生活。

是在走出福建、来到交大的那四年里，我开阔了视野，也渐渐找到人生更明确的方向。大学毕业后，在学院老师的推荐和帮助下，我加入上海电视台第一财经频道工作，九年时间里，拍摄了上百部关于经济、民生、历史题材的专题片和纪录片，这其中也包括与财经作家吴晓波老师合作的纪录片剧集《激荡1978—2008》。2012年，我决定追随自己的梦想，和交大校友、同乡蔡庆增一起辞职创业。我们选择的方向还是影视行业，而纪录片创作则是我们的特色业务。

很多人都喜欢看电影。有人喜欢商业特效大片、超级英雄，也有人喜欢相对小众的文艺片、纪录片。在我看来，商业片就像是一台造梦的泡泡机，电影放映结束，场灯一亮，泡泡破了梦也就醒了，走出影院，你会感觉仿佛什么事都没有发生过；而很多人之所以喜欢纪录片，是因为它的"真"。在纪录片放映的90分钟时间里，你是进入到他人的真实生命中，经历此生不太可能经历的一切，和主人公也和自己的灵魂展开一次对话。"真实"有千钧之力，这种因"真实"而带来的情感触动、深度思考甚至是行动，可谓意义非凡。

2014年，一次偶然的机会，在吴晓波老师的推荐下，我读到了深圳工人郭金牛写的诗《纸上还乡》，那是为缅怀逝去的工友而写就的诗篇，字字扣人心弦；我也读了煤矿工人老井写的诗《矿难遗址》，在地下800米的深处，老井一边劳作，一边把自己的所思所想所感写成了诗，并以此悼念在事故中罹难的、认识或不认识的工友们，字字令人动容。交大的校训里有四个字是"饮水思源"，改革开放四十多年来，是3亿产业工人和农民工们用一双双手建筑起了中国奇迹，但今天这个时代的人们——包括我自己在内，恐怕对于这些同胞们的生存处境与精神世界知之甚少。过去我们只看到他们在生产线上背对着我们忙碌着的一个个背影，过去他们被称为"沉默的大多数"，总是处在被"代言"的境地，无法发声。让人意外的是，如今他们用这一双双饱经沧桑的手写就了一首首优秀的诗篇，每一首都发人深省。

那天之后，我和庆增一起做了个决定，停下公司所有正在进行的项目，和吴晓波老师以及发现中国工人诗歌现象的诗人秦晓宇一起，要为这个群体拍摄一部纪录片，通过他们的诗歌来向国人、向世界讲述一个来自中国深处的不为人知的故事。这部纪录片最终被命名为《我的诗篇》。

对于一个创业公司来说，这是一个冒险的决定。因为这是一件 $1\% \times 1\% \times 1\% = (1\%)^3$ 的很"边缘化"的事——工人尽管人数众多，却是无名群体，诗歌虽然历史悠久，也是小众文化，而在这样一个娱乐至死的时代，纪录片同样是小众的。但我们倔强地想把这三种"伟大的边缘"糅合在一起，我们想看看，究竟能给这个时代带来怎样的震动。

接下来的一年间，我们深入荒无人烟的深山、下降到地下800米的煤矿深处、走进国有工厂和民间小作坊；围绕这部电影的创作，我们制定了一个庞大的"我的诗篇"综合计划，包括征集工人诗歌、在中美两国出版工人诗集、开展两次互联网众筹活动、网络直播工人诗人云端诗歌朗诵会、邀请社会各界名人参与互联网读诗行动、发布十部互联网微纪录片、办公众号……最终，我们制作完成了纪录电影《我的诗篇》。

哲学家本雅明有一句话我们主创团队经常引用，他说："纪念无名者比纪念名人更加困难，历史的建构是献给无名者的记忆。"小人物的生存痕迹与梦想，很容易就被这个大时代无情地碾碎、遗忘，但今天，我们合力保存下了这样一份献给所有无名者的珍贵记忆。

回想为《我的诗篇》的创作和放映发行不眠不休的那三年，我们几乎是在用10 000%的力量，去推动一件 $(1\%)^3$ 的小概率事件的发生。这件事情很难，但一路上得益于很多师友的支持，我们最终做到了。到目前为止，应该说中国有几千万甚至上亿的人因此遇见了这些发人深省的工人诗歌，对海外的影响力也不容忽视。我也曾带着电影回到母校上海交大做过2次放映交流。犹记得在交大2016年本科生毕业典礼暨学位授予仪式上，校长"杰哥"还特别向学弟学妹们推荐了《我的诗篇》，并寄语他们，要用梦想来支撑坚强，因为"敢于梦想的人始终坚强"。那天，我回想起自己所做的这一切和交大四年培养之间的联系。我想，大学的培养，不在于教你多少技术和解题方法，因为这些都是日后在工作中可以不断学习的，更重要的是，大学四年教会了一个年轻人看待这个世界、看待自我人生和所学专业的正确方式，塑造了他的价值观，让他有了更强的正义感、共情能力和行动力。是母校交大让我清晰了这样一条路径：拿起影像创作这个工具，去创业、去表达、去为这个时代的进步做出一点影响。

今天，我们依然矢志不渝走在这样一条路上。我和庆增、秦晓宇老师共同创办的大象伙伴影业，继续在坚持影像创作和表达，也帮助更多有思想、勇敢、先锋的创作者完成他们的作品并发行到院线、互联网等渠道。身边怀有同样梦想的伙伴越聚越多，我们的力量越来越大，每一天，我们都能感受到自己所从事的这项事业之于中国影视行业和社会进步的价值。

最后，我想和大家分享《我的诗篇》中我最喜欢的一行诗句，是爆破工陈年喜写的。他常年在荒郊野岭为金矿主开山辟路，炸开一条通往金矿的巷道。在一个极为简陋的工棚里，他用粗糙的手写下了这样一行诗——再低微的骨头里也有江河。

　　送给每一位认真活着、怀有梦想的人。

热爱，让人生一往无前
——2015 届本科生毕业典礼演讲

2015 届本科生毕业典礼演讲
2015/7/5

亲爱的 2015 届毕业生同学们：

大家上午好！今天是个值得一生珍藏的特殊日子，在此，我代表学校，向圆满完成学业，即将踏上新征程的你们表示最热烈的祝贺！

同学们，你们即将离开母校，去开创属于自己的未来。我一直在想，你们该如何照亮生命的旅程，去催生真正的变化，在浩渺的宇宙留下属于你们、属于中华民族的印记？我认为，最重要的就是要发现你内心深处的"热爱"。热爱是一种让人一往无前的力量。热爱，就是要热爱你独一无二的人生，热爱你矢志追求的事业，热爱你一生相伴的家庭。

　　我曾经一次又一次地在交大感受到热爱。2006 年，我来到交通大学。那个时候，交大的马勇杰老师正在和癌症顽强搏斗。十年的时间里，他经历了人生的跌宕起伏：治疗，复发，再治疗，然而，他却总是把微笑挂在嘴边，把淡定写在脸上，在梦想的道路上一路向前。他先后三次考试，历经五年的不息奋斗，终于实现了自己的博士梦；他刻苦钻研，参与多个国家项目，完成多篇学术论文，科研硕果累累；重要的是，他还是许多病友心中的精神偶像。他用两本抗癌著作和"杰人天相"的博客传递了希望，他的微笑也给予了病友继续追寻生命价值的勇气。我曾经问过他，驱动他乐观向上的动力是什么。马勇杰老师告诉我："因为热爱生命，所以我选择让生命变得更加精彩。我们无法决定生命的长度，但可以决定生命的宽度。我们无法知晓人生的磨难何时来临，但可以用笑容去面对！"他的精神力量深深地震撼了我。热爱，是每一个生命的动力，正如汪国真的诗歌所说："我不去想，是否能够成功，既然选择了远方，便只顾风雨兼程……我不去想，未来是平坦还是泥泞，只要热爱生命，一切，都在意料之中！"

　　我从马勇杰老师不断前进的动力中领悟了他在热爱生命时所成就的厚度。而海洋研究院的周朦教授在科学研究中的坚持不懈，则让我看到了热爱事业的人所能成就的高度。2014 年 10

月，周朦带领着他的团队，乘坐"南锋号"调查船，顶着8级大风，向南海行进。在南海北部陆坡，海面上连海藻的踪迹都难以寻觅。然而，周朦怀着揭示地球生物圈运转奥秘的决心，带领团队在浩瀚的大海中探寻生命的痕迹。经历了无数次希望和失望的考验之后，他们终于惊喜地发现，南海深处孕育着一个非常活跃、生物量极大的中层生物圈。

这一切都源于他对人生意义的追求和对事业的热爱。一个热爱事业的人，他生命中的一切风浪都不再可怕，因为最好的人生，莫过于找到自己热爱的事业并为之不懈奋斗！同样，致远学院的毕业生殷佳祺在学习生命科学的过程中，发现了自己对数学的热爱。于是她毅然决定转入数学方向，尝试着"用数学去了解生命"。她花了比别人多一年的时间和多数倍的艰辛，终于完成了学业，领域排名第一的华盛顿大学等八所世界顶级高校向她发来博士录取通知书。她说："自己选择的道路，即使跪着也要走完。"今天，在座的同学有的已经得到了心仪高校的录取通知书，有的已经找到了一份自己满意的工作，但我希望你们能够认真地审视自己的内心，追问自己一句：这是不是我矢志追寻的事业？如果是，我希望你们能够执守一份热爱，让自己的创造力得到迸发。如果不是，我希望你们在生命中永远不要放弃对热爱的追寻，不要放弃对事业的追求。

各位同学，二十年后，也许你们都已经事业有成。但我希望你们时刻都能想着，当你们在向人生高峰不断攀登时，是什么力量可以让你们心无旁骛，永无止境地探索？当你们遭遇人生低谷，彷徨迷茫时，又有谁会对你不离不弃、给你重拾信心的勇气和力量？我想，那应该是你们的家人，是每天牵挂你、在背后默默支持你的家人！四年前，你们的父母带着欣慰的心情与美好的愿景，不辞劳苦送你们报到，却在离开时背过身去潸然泪下。在你们毕业的时刻，你们的师长会祝愿你们勇攀高峰，你们的同窗会祝愿你们前程似锦，而父母一句"事业成功，更要注意身体"的简朴话语，却会让你体会到身后的温暖——它是你无可替代的精神力量！

去年寒假，现在坐在台下的康达同学曾经给大家出过一道考题——"假设父母对子女的爱是每天'一公里'的路程，那么父母对我们的爱累计就是2万多公里，相当于绕行半个地球。那么子女对父母的爱总共是多少呢？"如果扣除掉求学、工作、社交、应酬等因素的话，答案却是只有一公里。这让很多同学深受触动。我们究竟该怎样面对这巨大的反差？我想，最好的方式，就是学会毫无保留地去热爱你的家人！毕业之际，你们已经或者将会寻找到人生中的那个他（她），组建自己的家庭，家庭的意义之于你们也会越来越深远。在交大，让我更加深刻领悟到这种热爱的是钱学森学长与蒋英老师相濡以沫的故事。

1950年8月，当他们办好一切手续准备归国时，这个家庭却遭遇了自组建以来最大的磨难，美国联邦调查局诬陷钱学长窃取国防"绝密"文件，将他非法逮捕。几经周折，当蒋英老师终于到监狱里见到憔悴的钱学长时，已经几乎不认识他了。那时的钱学长体重骤降15公斤，并患上了严重的失语症，连一个完整的音节都发不出来。蒋英老师为营救钱学长四处奔走，终于将他保释出狱。但是他们所遭受的磨难还远没有就此终结。特工们随时会闯入他们的家进行搜查，窃听、监视、威胁、恫吓都是家常便饭。为了保障丈夫和孩子的安全，蒋英老师辞退了保姆，主动承担起一切家庭事务。整整五年的软禁生活，满腔的委屈与愤懑只有彼此可以诉说。

对家庭的热爱，支撑着他们度过了人生中最黑暗的时光。家庭，是在任何境况下，都能给予我们力量的源泉。热爱家庭，会激发我们对生活的热忱，对梦想的追求，对美好的向往。《礼记》有云："家齐而后国治，国治而后天下平。"对家庭的热爱放置于现实，就是一份责任，一份家国情怀的担当。我希望，当在座的你们成为家庭的顶梁柱时，热爱家庭的情怀，会化作生命的灯塔，在照亮家人的同时，也照亮你们的人生，更照亮国家和民族的未来！

今天是你们来到交大的第 1 401 天，在第 1 000 天，你们通过一段微视频讲述了对未来的期许以及对交大生活的热爱。国务学院的张晓帆，你在交大跑完了 3 000 公里，如果你继续坚持这份热爱，在未来的十年，你跑过的路程或许能环绕世界；法学院的储运杰，你已经发行了自己创作的单曲，如果你继续坚持这份热爱，在未来的某一天，你可能成为第一个拿到格莱美奖的交大人；物理与天文系的吴林峰，你突发奇想地用风筝带着手机俯拍了交大的每一个角落，如果你继续坚持这份热爱，相信你天马行空的创意一定会让你缔造"颠覆性"的未来；机动学院的李冠群，你的"手绘交大"已经成了母校的一张文化名片，如果你继续坚持这份热爱，也许你将画下你心目中的蒙娜丽莎，用灵感和色彩感动世界。

同学们，热爱生命、热爱事业、热爱家庭。因为热爱，所以勇敢；因为热爱，所以执着；因为热爱，所以永恒。热爱是人生中最温暖的光芒，它会指引着你们追寻幸福、感受快乐。热爱是生命中最强大的力量，它激励着你们踏向成功，迈向辉煌。

亲爱的同学们，在前天的 VOS 晚会上，我与大家一起表演了"交大节拍"，其实，这个节拍的四个部分，不正象征了你们在交大的四年时光吗？大一、大二，拘谨青涩、循规蹈矩；大三，幡然顿悟、紧张忙碌；大四，胸有成竹、成熟洒脱。你们说：交大，不是我在最好的时光里遇到了你，而是遇到你才是我最好的时光。你们还说：曾经，你是我最初的梦想；今天起，你是我最后的故乡。当再见的旋律响起，我知道，你们也许还来不及唱完最后一首歌，就要整点行装；也许还来不及说完所有的梦想，就要背上行囊；也许还来不及为离别感伤，就要奔赴远方。那就不要停留，不要感伤，尽情地挥洒你们心中的热爱。热爱，让人生一往无前！

谢谢大家！

延伸阅读：周朦

我是周朦，2012年底的一天，张杰校长约我在上海交大徐汇校区总办公厅相见，虽然我在距离交大徐汇校区步行不到10分钟的地方长大，但这还是我第一次走进徐汇校区。当年因为没有报考交大而去了清华，母亲还埋怨过我。如今要来交大建立海洋科学学科，我在走进上海交大校门的瞬间还是有些踌躇的。同样有着长期在海外留学经历的张校长对交大未来海洋科学宏伟蓝图的彩虹色般的憧憬，马上让我有一见如故的感觉。来自上海交大领导的信任和支持，使我下定决心放弃美国和法国大学终身教授的职位，担负了建设上海交大海洋科学学科的重任。

同时，在上海交大发展海洋科学的动机也是要完成我们三代海洋科学家的梦想。毛汉礼院士是在共和国刚成立的1950年代初与钱学森先生同一批从美国回国的海洋科学家，苏纪兰院士则是在改革开放之初的1980年代初第一批从美国回国的海洋科学家，两代人的共同梦想都是在我国最好的大学里建立海洋科学学科。同样的，在我国最强的工科大学办海洋科学，也是我的梦想，就在张校长的办公室里，我惊讶地发现，这也是交大多年的梦想与期待。

我是个梦想家，张杰校长同样充满了梦想与激情，与此同时，张校长还是个战略家。在海洋科学起步阶段，张校长最关心的是我们人才队伍的顶层设计和人才引进，他一一过问了引进的资深和青年人才的需求，支持他们的实验室建设，关心他们在交大附近安家。

八年来海洋学院的科研设想获得了包括973和863等国家重点项目的支持。从近在家门的长江口到远至天边的北极点，从苍茫无垠的西太平洋到狂风巨浪的南大洋西风带，从荒漠般炎热的南海到冰天雪地的南极，从天际萧杀的青藏高原到美如仙境的挪威峡湾，我们的科研遍布全世界的江河大海。在2021年泰晤士高等教育世界大学排行榜上，上海交通大学海洋科学学科被评为"A+"，在2021"软科世界一流学科排名"海洋领域中，上海交大海洋学院位列国内第2，世界第31。

"热爱，让人生一往无前"，是张杰校长在2015届本科生毕业典礼上讲演的题目。回望八年来我在交大的足迹，我时时回想起这句话的深刻含义。我感恩有这样一个机会，让我能够装着对海洋科学的热爱和对人类的责任，一往无前。

让人文之光照亮未来

——2014届本科生毕业典礼演讲

2014届本科生毕业典礼演讲
2014/6/29

亲爱的2014届毕业生同学们：

　　大家好！

　　最近一段时间，我在网上看到你们晒自己的毕业清单。你们有的要在毕业前再去奋战了无数夜晚的新图书馆独坐一会，也许到了明天你们就再也不用去"占座"了；有的想第一次到学弟学妹的宿舍区吼一次离歌，也许到了明天，你们就真的只能感叹"学长只能帮你到这儿了"；有的想在离开前向那个倾慕了四年的她（他）表白一次，也许到了明天你们就会天各一方……你们的毕业清单，有温暖也有疯狂，承载着你们对这所大学那些年、那些人、那些事的全部情感。但是你们可能不曾想到，我也为自己列了一份专属于你们的毕业季清单，这里面有在校园的各个景点与你们合照，也有参加你们的毕业答辩，还有在VOS晚会上与你们一起合唱《时间都去哪儿了》……此时此刻，我要履行这份清单的最后一项，那就是在今天这个隆重的场合庆祝你们毕业，并和你们一起感谢无私养育你们的父母、辛勤培育你们的师长以及所有帮助过你们的人，现在我提议全体毕业生起立，向你们最应该感谢的人也向你们自己献上最热烈的掌声！

四年一瞬，大学生活有精彩，也有遗憾。可能就差那么一点儿，你们飞车穿越梅花桩的神功也就练成了；可能就差那么一点儿，"三餐"就可以和你们一起毕业了；可能就差那么一点儿，你们就可以畅游致远游泳馆了。好在毕业之时同德湖的荷花盛开了；好在离别之际菁菁堂的世界杯开战了；好在"晚安世博"中"小水滴"辛勤奉献的身影、"巅峰对决"中为母校争光的矫健身姿、军训时"脚痛大学"痛并快乐着的回忆，已经被你们永远定格了。

当离别的愁绪交集着美好杂陈于心，这一次也许就更难说再见了：难别三尺讲台上兢兢业业的师长，难别卧谈了四年即将各奔东西的室友，难别夜归时责备你却更关切你的阿姨，难别四年的成长岁月，难别你们共同的F10！

（致远游泳馆，金尔悦摄）

同学们，大学毕业是人生中一个重要的里程碑。今天，站在这个里程碑前，你们是否问过自己这四年里有哪些刻骨铭心的变化？是否问过自己对生命、对真理、对理想又有了怎样的理解？面对未来，你们又该拥有些什么去照亮前行的道路？今天，我想与大家分享三段"穿越时空"的对话，但愿其中蕴含的人文情怀能引发你们的思考，更能启迪你们的人生。

"2008年5月12日14点28分，汶川发生8.0级大地震。许许多多的游子赶回灾区的家园寻找难以割舍的亲人……"这是纪录片《北川一日》的开始。这段故事的主人公李安民是交大建筑系2006级的一名学生。他在悼念父亲的诗词中洒泪写下："二十年来空饮痛，云漫漫，路茫茫，叩问苍穹，何寄儿女伤?"这是他与父亲生死两隔的对话，他又用一次次重返灾区的行动回答了自己。第一次他是千里寻父的儿子，第二次他是给灾区孩子带去欢乐的大哥哥，第三次他是保护羌族建筑的志愿者，还有第四次、第五次……毕业后，他毅然回到家乡，成为一名灾后重建者。在校长奖的评委席上，我们把票投给了他。因为我们看到了一个大男孩在悲痛中的成长，从爱自己、爱亲人，到爱身边更多的人，这是一份从逆境中崛起的爱的力量，这是今天我要与你们分享的人文情怀的第一层含义，一种以人为本的终极关怀。

你们自发创办"临终关怀"协会，你们为农民工兄弟网上购买火车票，你们为学校里的修车师傅补拍婚纱照，你们为天使路上的鹭鸟迁移召开听证会，你们为校园流浪猫在雨天撑伞……这些微小而又闪光的点滴，让我看到了你们对自然的热爱，对生命的尊重，让我看到了你们从内心升腾出的那份质朴的大爱，这也是你们在过去的四年中，从这所大学获得的最宝贵财富！

在交大校园里，有两座特别的图书馆，一座是钱学森图书馆，一座是将要开放的李政道图书馆，它们犹如隔空相望的两位巨人在对话。钱先生在他提出的"大成智慧"中说："一个理性的时代会在人类的进步发展中产生，在这个时代中，不仅是存在决定意识，而且人类的高尚思想追求将影响世界。"李先生说："艺术和科学的共同基础是人类的创造力，它们追求的目标都是真理的普遍性。"两位科学巨匠的共鸣，不仅是他们对探求真理的真知灼见，更是理性价值追求的闪光，其核心是要有一个理性的人生观和宇宙观，致力于探究自然万物运动之规律和社会发展面临之问题，为全人类谋求福祉。

这也是我要与你们分享的人文情怀的第二层含义，一种价值追求中的理性回归。在云南大理，有一位年过花甲的交大老师，带领着一群交大人，用十三年的坚守换来了洱海的一泓清水；在四川锦屏山，有一群交大人，在埋深2 400多米的山洞里，孜孜以求，探索着暗物质的奥秘；在大洋深处，凝聚着交大智慧的无人探测器，不断突破极限，探寻着未知的海底世界。他们用超越自身、面向全人类的理性价值追求，诠释着交大人的科学追求与人文情怀，肩负起对社会和人类的责任。同学们，在你们未来的人生道路上，我相信你们也会始终怀揣着这份理性，从知识的探究走向灵魂的自由、创造的高峰，走向自我的超越！

今天之后，大家将有一个新的身份，叫作"交大校友"。接下来我要与大家分享两位校友跨越百年的"对话"。走进华

（周思未摄）

联的"曦潮书店"，你会在显眼处看到一本书，名叫《西潮》。
书的作者是1904年考入南洋公学的校友、著名教育家蒋梦麟，
他试图通过描绘时代的变迁，启发世人对自身文化道路的思
考。向我推荐这本书的女孩是这个书店的创办人，一位2007

年毕业于化学化工学院的年轻校友，赵忆嘉。今年初，在闵行校区"学人"书店即将关闭之际，她放弃了北京的高薪工作，选择回到母校创办"曦潮"书店。在实体书店艰难生存的当下，面对很多人的不理解和不认同，忆嘉坦然地说，她不想让母校成为一所"没有书店的大学"，更希望"曦潮"能给交大人带来一个如晨曦般澄明、静醒的空间。

我想，这源于对交大人文情怀的坚守，更源于对人类精神世界的执着。"曦潮"是一面镜子，映衬着百年交大的人文底蕴；"曦潮"是一颗火种，引燃了交大人的激情与梦想；"曦潮"更是一个磁场，凝结着交大人的人文力量。梦麟先生曾说"理想、希望、意志是决定人一生枯荣的最重要因素"。在这不足百平方米的空间里，两位相隔百年的校友用文化守望者的姿态诠释着人生的意义。在时光的大潮里，你们是选择随波逐流，还是选择独立、清醒、真诚地活着？我希望你们今后要经常做这样的反思。我知道你们爱说，理想很丰满，现实很骨感，但我也知道你们都爱唱五月天的《倔强》，"当我和世界不一样，那就让我不一样，坚持对我来说就是以刚克刚，我如果对自己妥协，如果对自己说谎，即使别人原谅，我也不能原谅"。这是你们唱给现在的青春无悔，也是唱给未来的初心不改！我愿你们在岁月的磨砺中一直能有这份纯粹和坚韧，做仰望星空的思想者，做脚踏实地的实践者，拥有一个丰富、自由、高贵的灵魂，这是我所理解的人文情怀的最深层次含义，对信仰的坚守与执着。

这是三段关于生命、思想和灵魂的对话，也是关于爱、理性与信仰的对话。今天，当你们跨出交大校门之际，我想说，人文情怀不仅仅是你们研读过的文、史、哲，更是你们对自然和生命的热爱和尊重，对真理的探索与追求，对梦想的执着与超越！

时间没有回放键，但是美好会永远定格。青青校树，萋萋庭草，四载求学，晨昏欢笑；思源风景旖旎，菁菁时光流长。"长亭外，古道边，芳草碧连天"，当《送别》的歌声响起，你们也即将离开母校，各赴前程。大器之才，不仅要有对科学精神的追求与弘扬，更要有人文情怀之涵养与修为。愿你们用大爱去点亮希望，用理性去探究未知，用信仰去引领时代，让人文之光照亮你们的未来！

谢谢大家！

延伸阅读：李安民

我是李安民，2011年毕业于上海交大船建学院建筑学专业，目前在四川省绵阳市城乡规划局工作。

我认为交大的大学精神不在于知识的积累，大学精神是教会了我认识世界的方法。具体来说，一是学会质疑和批判，学会独立思考和发现问题的方法；二是在发现问题的基础上，通过不断学习，掌握认识问题、分析问题和解决问题的能力。这是我这大学5年最大的收获，让我在工作和学习中能够迅速地掌握要领，对于我在家乡参与灾后规划建设工作大有裨益。作为交大学生，我铭记着"今天我为交大自豪，明天交大为我骄傲"，无论何时都以更高的标准要求自己，这帮助我成为单位成长最快、素质最高的年轻业务骨干之一。

我理解的人文精神就是人与人的关系的提炼和升华，交大的人文精神包含同学之间的，师生之间的，校友之间的，甚至陌生人之间的。

"5·12"大地震对我来说是个人生的转折点。张杰校长在2014届毕业典礼中曾说："我们看到了一个大男孩在悲痛中的成长，从爱自己、爱亲人，到爱身边更多的人……"其实这一切的开始都源自在地震期间，作为灾区学生的一员，受到交大全体师生的无私关爱，并由此激发了一个20岁男孩灵魂深处的反思。从2008年5月12日在水源BBS上的一封回乡寻亲帖开始，短短几行字，万万没想到一石能激起千层浪。有院系师生的无私捐助，有闻讯而来的野营社团的师兄主动传授野外求生技能，有徐飞校长临行前的谆谆嘱托，有更多不留名的陌生师生出于担心默默地帮我充上话费，甚至有闵行出租车司机师傅免费送机……尤其记得同班同学吴文清是个贫困生，入学以来一直靠校内勤工俭学养活自己，在5月12日晚上知道我要回家后，本已睡下的他穿上拖鞋，取出账户里仅有的5 000块钱生活费送到我手上，我虽然感动却无法接受，他却说，那边断水断电，电话不通，交通也中断，路那么远，一定会用得到。这样的例子还有好多好多，在学校，感受那种温暖而强大的力量，源自内心又直达内心，让身处绝望深渊的我真正体会到人生的美好，这是爱的力量，这是交大的人文关怀。

后来我反复地叩问自己为什么，大家为什么，为什么是这样。其实答案在校训——"饮水思源，爱国荣校"，答案在社会责任，答案在感恩，这是课堂上老师不会讲的，但是却是学校教给我最有意义的一堂课。所以我也学会了担当，学会了感恩，学会了奉献，像一根被点燃的蜡烛，去不断点亮黑暗中的其他同胞。事实上，虽然有幸获得校长奖，但我一直想给颁发校长奖的张杰校长提个意见，因为我认为这个奖不应颁给我，应该颁给所有的交大师生，因为这是大爱的结晶，这是10年前那一段历史的见证。

在成长中选择坚守

——2013 届本科生毕业典礼演讲

2013届本科生毕业典礼演讲

2013/6/30

亲爱的同学们：

大家好！

昨晚我参加了F09的VOS晚会，更加强烈地感受到离别时刻的来临。我相信，此时此刻大家心中既充满了依依不舍的温情，又洋溢着跃跃欲试的期待。四年前的九月，我和老师们在南区操场迎接你们的到来，不知道大家是否还记得开学典礼上老师们对你们的期许？期许你们能够探索未知、追求真理、体验事业的艰辛和成功的欢乐；期许你们学会做人、做事、做学问，不断经受磨砺锻炼健康成长；期许你们有激情、有梦想、有毅力、有担当，始终胸怀远大志向，永葆赤子之心；期许你

（来自"视觉交大"）

们面对逝水年华，能够真正做到青春无悔。四年后的今天，我想听到大家的回答：你们做到了吗？

　　前几天我在微博上看到一位同学的毕业感言，"四年的点点滴滴萦绕在眼前，徘徊在心头，印刻在脑海，是那样的清晰，那样的深刻，那样的生动。感谢师长们的鼓励与教诲，感谢同学们的帮助与陪伴，感谢你们带来的快乐与欢笑"。是的，毕业季，感恩时，我提议，让我们把最热烈的掌声送给你们的父母和师长，也送给你们自己！

回首四年，你们的通识课抢选都经历过"秒杀"，你们创造了让教务处老师苦恼的"我爱选课网"；你们在与外校同学斗嘴时的必杀技是"我们宿舍有空调"；你们鼓励低年级同学，用的是"舌尖上的交大"保你一月用餐不重样；你们说"只有在菁菁堂看过世界杯，那才算是真正的球迷"。虽然"罗森"已经变成了"快客"，但是"冰火四季"的灯光依然闪亮；虽然"第五街的咖啡"已经不复存在，但是校车站的"甜魔"毕竟陪你们度过了一段段美妙的时光。也许明天，你们将难得再品尝"华联"的"鸡蛋灌饼"，难得再搭帐篷通宵排队抢票，再也不必编造美丽的谎言请宿舍阿姨半夜开门，但是"152167"开头的手机号永远属于你们！"509"开头的学号永远属于你们！你们是永远的F09！你们是母校永远的财富！

我常在想，一千多个日日夜夜，有多少个交大的同学，在教室、图书馆和实验室里孜孜不倦地勤奋努力、苦心钻研，在校园内外、社会每个需要你们的地方从事实践探索、爱心奉献。四年的时光，伴随着多少选择、汗水、欢笑与眼泪。这中间，或许包含着你们在英语"第六感"水平考中失利的沮丧，或许记录着一次次实验得不到理想结果的无奈，或许闪现着感

（来自"视觉交大"）

情生活不如意带来的伤痛……然而，大学就是这样一个人生成长的地方。她被称作母校，就要以爱心和宽容，允许你们尝试、冒险、探索和追求。通过一次次选择和担当，你们找到了自己人生的方向，储备了迎接挑战的勇气和力量。我相信，有母校在你们身后，有责任在你们心中，你们的未来，一定会成就属于你们的光荣和梦想！

当前的中国，正在进入中华民族伟大复兴的崭新阶段。大学日益成为引领社会发展的思想库，科技文化创新创意的源头，创新型领袖人才培养的高地。大学的使命，决定了它存在的价值和未来的前途。

　　大学兴则国家兴，大学强则国家强。面向未来，大学的道德风骨将代表国家与民族的文明程度；大学的创新能力将决定国家与民族的发展动力；大学所培养出来的人才质量将决定国家与民族的未来。无论是"实业救国"的创校机缘，还是新中国成立初期的院系调整，抑或是改革开放后的蓬勃发展，引领社会、服务社会、改造社会，一直是交通大学的为学之基、立身之本。当前的时代，是一个改革开放的时代，对创新和人才有着迫切的需求。这对交大学子而言，恰恰是一展身手的广阔天地，为你们成就事业提供了无限的可能。交大人百年来的追求与梦想，应当通过我们的努力来实现。面对国家和民族的需要，交大人责无旁贷，理应全力以赴！

　　世界在变，社会也在变，面对不可预知的前途，你们该怎么办？很遗憾，我也没有标准答案。但是，作为你们的师长，我想说：你们应该在成长中选择坚守。无论时光如何变幻，我们内心深处总要坚守一些东西，这些东西无关金钱、权力和地位，但关乎思想、精神和道德，更关乎良心、公平和正义。如果说，大学是这些人类永恒主题的守护者，那么经过大学浸染的人应该是这些理念的坚定实践者和追随者！我衷心希望，交大学子，不仅要有能力，更要有操守，心怀感恩、勇于担当、恪守底线、慎始敬终，向着真理之光，扬帆起航！

"你可以一无所有，只要你的精神还在""我们可以经历失败，但我们不会失败"。交通大学117年的历史便是对坚守、梦想、奋斗和成功的最好演绎和诠释。无数前辈为了实现民族复兴的中国梦和储才兴邦的交大梦，前赴后继，不懈奋斗，带着交大人特有的精神品格，在逐梦的道路上享受奋斗的快乐，认真感悟生活的精彩，体会人生的真谛，拥有一份独有的阅历和积淀。

亲爱的F09同学们，母校永远与你们心心相连、风雨同舟，母校永远是你们的港湾，给你们家的温暖，母校永远做你们的后盾，与你们一同在成长中选择坚守！

谢谢大家！

第 4 篇

变与不变

伟大的时代呼唤伟大的大学。

这是一个崇尚创新的时代，作为创新引擎的大学，

不但要源源不断地诞生伟大的创新思想和成果；

还要持续培养具有创新精神和灵魂的伟大人才，

引领社会和人类的发展进程！

创新引领未来

——2016届研究生毕业典礼演讲

2016届研究生毕业典礼演讲
2016/3/26

亲爱的同学们：

上午好！

前几天，有位同学告诉我说，一个知名排行榜的统计数据显示，交大学生的动手能力在全国各大高校中排名第一。我充满好奇地打开链接，原来是根据某宝统计，交大学生购买各类五金零部件总量稳居全国第一。我真为这些五金件感到高兴，因为它们在交大肯定实现了自己"人生"的最大价值。我想，借助同学们的创意和创造，它们一定变成了一件件具有鲜活生命的科技作品，或者艺术品。我知道，许多今天堪称伟大的公司当年就是诞生于车库和宿舍。今天，你们在校园里亲手

（来自"视觉交大"）

绘制的电路图、亲手组装的飞行器，注定将孕育明天的伟大创新！

就在10天前，AlphaGo以4∶1打败李世乭，世界舆论为之一震。然而，当大家津津乐道机器人最终能否战胜人类的同时，我们还应该有更深一层的思考。正如一位网友所言，"我们该敬畏的，不是智能机器人，而是机器人身后那个孜孜不倦追寻创新的谷歌公司，以及那个在追求创新的道路上无比坚决、一骑绝尘的国家"。

回顾美国的发展历史，我们能够找到它取代欧洲，进而领跑全球大半个世纪的原因。20世纪60年代，以"阿波罗计划"为标志的航天科技进步，70年代，以硅谷繁荣为标志的电子科技进步，80年代，以微软操作系统开发使用为标志的软件科技进步，90年代，以大批互联网公司兴起为标志的互联网科技进步，以及当前以云计算和大数据为标志的新兴科技进步，强有力地推动了美国经济社会的五次跨越式发展，让美国实现了从"要素驱动"向"创新驱动"的转型，长期保持创新垄断地位，引领全世界产业发展潮流。

研究这五次重大科技进步的原因后可以发现，是一批美国一流大学在其中发挥了创新源泉的关键作用。比如，被称为"航天引擎"的加州理工学院推动了航天科技的快速发展，被视为"极客天堂"的麻省理工学院引领了电子科技的发展潮流，被当作"硅谷基石"的斯坦福大学奠定了软件科技发展的基础，被评为"最具创新力公立大学"的华盛顿大学等助推了互联网科技的跨越腾飞。现在，以麻省理工学院和芝加哥大学为代表的一大批美国一流大学，正在促成新一轮高科技产业的

（理科大楼，周思未摄）

蓬勃发展……在这里我想说的是，历史一再证明，大学是国家和社会创新发展的引擎和源泉！

当前的中国，经济社会发展转型成功的关键，就在于实现创新驱动。作为一所有着梦想、责任和担当的百年学府，交通大学正在为具有创新思维的教师和具有创新潜质的学生创设热爱科学、追求真理的环境。师生们在宽松的学术氛围中健康成长，互相激发，源源不断地产出创新的灵感、思想和行动，持续催生原始创新，为创新型国家建设发挥不可或缺的支撑作用！

交大的许多老师正与学生们一起进行着原始创新研究。大家都知道，用"车轮"代替"腿"是人类最古老、最重要的发明之一；而用"腿"代替"车轮"则是人类在机械发明中的一次否定之否定式的回归，一次更重要的飞跃！机动学院高峰教授的团队，正在构想"腿式月球车"，可以使得月球车就像拥有人类的腿一样轻松跨越障碍，克服月球表面复杂地形带来的勘探难题。高峰团队之所以能够挑战这一难题，正是由于他对自然规律的透彻领悟和对机械原理的深刻理解。

在此基础之上，从机构拓扑创新的角度，高峰创造性地提出了并联机器人构型理论，可以表达最多的并联机器人构型——该理论被命名为"GF集"！ 2014年，高峰教授被授予达·芬奇奖。这是美国机械工程师协会36年间第一次将其最高奖项颁给了北美以外的获奖者！正如高峰教授所言："创新就是要走别人没有走过的路。一般意义的创新是'从有到有'的跟随式创新。更加难能可贵的是'从无到有'的原始创新！——这种创新才对人类发展最有意义！"

大学是原始创新的重要发源地，引领着未来社会的发展走向。原始创新的影响是深刻的、恒久的，具有引领性，原始创新是让全人类都感到振奋和充满想象的创新！正是因为原始创新的无穷魅力，我们学校中一大批像高峰教授这样的老师，正醉心其中、孜孜以求——从交通大学毕业的你们，应该要传承这样的精神，为推动社会的进步不懈探索！

交大的同学们也正在进行着思维范式的创新探索。如果有人说，未来的通信是免费的，未来的汽车不用购买，未来的能源也可以共享……听起来可能匪夷所思，但是，你们的一位学姐正在为这样的梦想而努力。她就是安泰经济与管理学院校友陈韦予。早在2013年，陈韦予和她的小伙伴们就以创新的激情，挖开了中国"共享经济"金矿的一角，开创了"凹凸租车"。不同于一般的汽车租赁，他们从大数据分析出发，敏锐地概括出不同客户群体的使用习惯和生活方式。他们超前预判未来人们的价值追求，尝试描绘这样一种"不持有式的生活"：每个人都可以随时取用身边的闲置汽车。

使用和占有的关系由此被重新定义，这就是"共享经济"的本质特征。共享经济带来的不仅仅是人们生活方式的改变，更是人类思维方式的突破。千百年来，人类生存的基本规则都是基于对资源的占有和无限制地扩大再生产。这样的发展模式已经不可避免地导致了产能过剩和环境恶化……人类只有一个地球，而地球已经不堪重负！当共享经济真正来临时，人类将通过广泛的协作、资源的共享，获得更有效的发展和更便利的生活。

传统意义上的"资源"将被重新认知，大数据将成为真正的"资源"。基于信息科技的高速发展，人类社会将转变为以数据为中心驱动。人类认识自然、认识世界的方式也将突破传统的范式，更多颠覆式的创新将源于数据密集型的科学发现！思维范式的创新，为人类打开了另一扇门，它不仅开拓了人类的视野，更带领人们通向一个无限可能的世界！因此，从交通大学走出去的你们，学会的不仅仅是知识和技能，更是一种新的思维方式和生活态度——打破固有范式，在创新中改变世界，开创新的时代！

同学们，伟大的时代呼唤伟大的大学。这是一个崇尚创新的时代，作为创新引擎的大学，不但要源源不断地诞生伟大的创新思想和成果；还要持续培养具有创新精神和灵魂的伟大人才，引领社会和人类的发展进程！肩负着历史的使命和责任，古老而年轻的交通大学，正朝气蓬勃地追求着世界一流大学的梦想，用创新的活力，开拓崭新的未来。

在你们进入交大就读研究生之时，被称为"上帝粒子"的希格斯玻色子刚被探明；而就在你们离开交大校园之际，爱因斯坦的伟大预言引力波被成功探测。也许在不久的将来，人脑芯片、太空电梯、时间旅行……这些人类的梦想都将一一成为现实。我有充分的理由相信，在实现人类梦想的道路上，你们绝不会满足于仅仅作为见证者，你们一定会成为创造者！"思源致远，天地交通。"交大赋予你们的创新基因一定会引领你们不断地突破人类想象和认知的极限！创新将引领你们的未来！

再过几天，就是母校120岁的生日。对于一个人而言，120年的时间是漫长的，但对于一所大学而言，交大和你们一样正值青春！"你在悠然的晨光里春秋代序，我在百廿的校园里守望美丽……"你们留恋在母校度过的青春年华，所以把款款深情谱写成朗朗上口的动人歌曲；你们爱慕母校永远年轻的容颜，所以用照片镌刻穿过无声岁月的青涩脸庞。我相信，你们在母校的记忆里将永葆青春，你们与交大的情缘将历久弥长！让我们一起出发吧，共同铸就交通大学下一个百年的辉煌！

谢谢大家！

改变，从创新思维开始

——2015 届研究生毕业典礼演讲

2015 届研究生毕业典礼演讲
2015/3/21

亲爱的同学们：

上午好！

今天，我们又一次相聚在体育馆，这不禁让我回想起了你们刚到交大的情景。当初，你们从东川路800号的思源门进入校园，来到体育馆报到，你们第一次用自己的脚步，丈量了校园。你们还记得当初这一段重要的路程走了多少步吗？

求学岁月，一路走来，我们共同收获了许多值得一生珍藏的记忆。我们目睹了李政道图书馆的拔地而起：也许你们都知道里面珍藏了国内唯一馆藏的诺贝尔奖章原件，却很少有人知道，里面还有一座"诺贝尔山"，刻满了诺贝尔奖获得者的名字——未来，在这里被刻上名字的人，可能就在你们中间！你们亲眼见证了致远游泳健身馆的开馆：虽然这座让上海同城高校特别羡慕嫉妒的室内游泳健身馆，让你们少了去隔壁华师大的借口，却也多了和同学相约的理由！在你们即将告别的时候，承载着你们欢笑和记忆的菁菁堂也将迎来建成后20余年的第一次大修，大修也许会改变了她当初的容颜，却永远改变不了你们定格在这里的青春年华！

你们中有人说过："这是我所度过的最充实最快乐的岁月，在这里遇到了令我醉心的研究方向，遇到了高山仰止的导师，遇到了志同道合的朋友，更重要的是，我也在不断地遇到崭新的自己，人生若此，何复他求。"在求学的过程中，你们尝过很多人没尝过的苦，也见过很多人没见过的风景。今天，在这个特殊的时刻，我提议，咱们为自己一路走来的成长和蜕变鼓掌！

说到蜕变，不仅你们在变，整个时代也在不断改变。我小时候看过一本小人书——《科学家谈21世纪》。这本书对我的成长道路有过很大的影响。书中，科学家们构想的无线电话机、袖珍计算机、自动驾驶汽车，在当时都是令人神往，却又遥不可及的梦想。但当我们真正迈入21世纪，书里描绘的未来场景有许多都变成了现实；甚至不少书里没有提到的事物，也正在被不断地创造出来，这一切都源于创新。在这个时代，

（周思未摄）

社会日新月异，改变不断发生，如果我们再来重新认识"创新"，我们会发现：创新不仅是创造发明，创新更是颠覆重构，颠覆固有的思维模式，重构人类的生活与生产方式。

我们整个人类的生存与进化追根溯源都与植物的光合作用密切相关。可以说没有植物，就没有五彩斑斓的自然，更没有我们人类。但你们有没有想过，有一天人类能够不依靠植物，进行人工光合作用呢？我们一起来看看屏幕上的这幅画。这是一位6岁小女孩心目中的未来。画上的未来加油站里，"树叶"正在通过人工光合作用，将太阳能直接转化为燃料，为汽车"加油"。这不只是一个小女孩的梦想。美国加州理工学院的科学家们开发出一种新的薄膜，可以成功实现利用阳光和二氧化碳将水转化成氢燃料。同时，我们交大的科学家们也正在通过模仿自然界树叶的生物结构，研制低成本的人工光合作用材料。预计不久，人们将创造出一种安全、高效的人工光合作用系统，届时光合作用将不再是植物的专利，人类的能源结构和生活方式也将发生颠覆性的变革。我想，当这一天真正到来的时候，加州理工学院的托马斯·罗森鲍姆校长一定会为之倍感骄傲！

创新驱动了整个人类经济社会的变革。200多年前，蒸汽机引发了第一次工业革命；100多年前，电力技术引发了第二次工业革命。它们都给人类的生产方式与生活方式带来根本性的巨大变革。同样，以移动互联网、云计算、大数据技术为代表的"互联网＋"时代也必将对现有的经济社会和生产生活带来根本性的变革。在这个时代，许多看似天方夜谭的故事都可以一一实现。在这里，我想和在座的同学分享三个故事。

第一个故事和交大老师有关。我们都有这样的就医经历：看病、拿药，药瓶上统一写着"一天几次，每次几粒"。传统的医疗手段，通常是"因病施药"，而不是"因人施药"，这是因为当前的药物不能根据患者个人的特点实现精准配制。对于这个问题，何志明与丁显廷老师，正在进行药物筛选的突破性研究。他们将工程学的控制理论与生物医药的实验手段相结合，引入正反馈回路，革命性地改变了复合药物筛选过程，大幅度地提高了筛选的效率，降低了成本，为实现个性化精准医疗打下了基础。我相信，终有一天，你们看病就医时会出现这样的场景：通过你们上传的个性化信息，医生在最快的时间里筛选出廉价而有效的药物组合，为你们"私人定制"治疗方案。个性化医疗将掀起新的健康革命。

第二个故事的主人公和在座的大多数同学一样都是90后，但在毕业后短短一年多的时间里，他所创立的公司融资近5 000万，估值一个亿，成为行业的翘楚。福布斯将他列入2015年中国30位30岁以下最成功的创业者。这位成功的青年创业家就是我们交大安泰经济与管理学院2012届校友齐俊元。

在校读书的时候，齐俊元就怀有创业的梦想。最开始，他做过一个项目，没有成功，总结经验时，齐俊元发现公司30多个成员间的协同效率很低，常常因为沟通不到位影响项目进程。于是，他萌生了开发协同软件的想法，一个基于云服务的项目协作平台——Teambition协同软件项目由此诞生。未来会有一天，人们只需通过这样的协同软件，即可在家里和世界各地的团队成员讨论工作，执行工作任务，研发一个项目，甚至打造一架无人机。大家可以畅想一下，这种协同的工作模式

（周思未摄）

不断发展，会给世界带来怎样的改变。毕业择业之际，你不用再为选择跨国工作或是国内就业而纠结。工作场所的界限将被打破，距离将被重新定义。

第三个故事的主人公就坐在你们中间。你们从小有没有过做诗人的梦想，希望有一天能够写出"面朝大海，春暖花开"的优美句子？你们有没有想过为什么我们的时代缺少诗人？在我们今天的会场里，有一位大家所熟知的"明星"毕业生，他就坐在台下。他就是研会微博的"主页君"，媒体与设计学院毕业生马仁义同学。他去年策划的全球华语大学生短诗大赛轰动一时。

"我想变成天边那朵白云

用尽整日晴天

只从左边

移到右边"

《不急》《过故人庄》这样的诗歌一时成为大家朋友圈中的热点。让微诗歌借助新媒体的力量焕发光彩，诗歌创作的灵感通过阅读和分享不断碰撞，从而点燃人们内心创作的火种，促进优秀的文化作品不断涌现。这是一种新的思维，或许也是未来的文化创新的方向。也许将来你们可以期待，几万个满怀创作激情的普通人通过新媒体的平台，不断地进行思维的碰撞和创作的共享，共同写出我们这个时代的《荷马史诗》与《神曲》。

同学们，这个时代奔跑的速度远超过我们的想象，只有颠覆性创新，才能引领这个不断加速的时代。在交大读书的岁月里，你们已经通过自己的努力，练就了创新的思维。未来的日子，希望你们都能够不断打破思维的惯性，让创新融入你们的血脉，让创意改变世界的未来！

"燕燕于飞，差池其羽"，"皎皎白驹，在彼空谷"。转眼又到了送别的季节。今天，你们即将从交大开始远行，你们也将走完体育馆到思源门的最后一段旅程。我要回到这次讲演的开头：你们知道这段路究竟有多少步吗？

电院的许经纬同学在这里告诉大家答案。他说："我从新体育馆走到'拖鞋门'要2 046步，以往觉得交大校园走也走不完，如今却希望这段路再长一点。这是关乎回忆的一段路，是浸染责任、感恩、激情与梦想的一段路。我想我会慢慢地走、认真地走。这段路如此，走出校门，依然如此。"

你们不愿将就着与交大道别！你们说"凡风儿吹不散的往事，让她沉淀到心底；凡时光解不开的情谊，后会有期时再叙……"——我想对你们说"吹不散的不仅是往事，还有我们的理想；解不开的不仅是情谊，还有我们的约定"——无论今后你们散落在哪里，交大永远在这里等你！

谢谢大家！

坚守学术精神　成就卓越人生
——2014届研究生毕业典礼演讲

2014届研究生毕业典礼演讲
2014/3/19

亲爱的同学们：

下午好！

前两天看到几篇毕业论文的致谢辞，让我既感慨又感动。其中有写道："漫漫长夜，有多少次想放弃，就有多少次再坚持；有多少次被打击，就有多少次再振作。"也有人写道："瞬息光阴，一如弹指。思长路漫漫其修远，然所幸得助甚多，方有今日。"还有人写道："感谢我的父母，尽管他们极少主动问我什么时候能够毕业，但我深知，这不是他们不关心，而是他们怕给我压力。他们是辛苦劳作了一辈子的农民，但对于知识、文化、志气、修养、做人等等，他们有着最单纯也最正确的理解。毕业典礼，我一定要把父母请去，见证这个光荣的时刻。"同学们，这位同学的父母今天也来到了现场。养育之恩，没齿难忘！现在，我提议，大家用最热烈的掌声，向养育你们的父母，表示深深的敬意！向培育你们的导师，向所有给予你们关心和帮助的人们，表示最诚挚的感谢！

你们中有人曾经用一句话形容你们的研究生生活："当天睡觉当天起，早餐午餐一起吃，文献数据加实验。"的确，求学之路很辛苦甚至痛苦，但是，你们坚持了下来，实现了自身的成长和蜕变。你们是否还记得第一次面对浩如烟海的文献时的茫然无措；是否还记得第一次组会时的小心翼翼和忐忑不安；是否还记得第一次被导师批评、质疑时的羞愧与不服。然而，当你们渐渐开始从七天读一篇文献到一天读七篇文献，渐渐开始从无法听懂课题内容到可以与导师讨论甚至争论。再到后来，当你可以独立地提出一个想法、实验方案，并且独立地实施、验证，与导师、同行讨论的时候，相信你一定看到了一片可以自由飞翔的天空。当有一天你们的实验记录上终于记下了有趣的发现，当你们看到自己倾注的心血终于变成了一篇篇印刷的铅字……我相信那一刻，从你们心底迸发出的愉悦、兴奋、自豪甚至狂喜定会让你们铭记终生！

各位同学，昨天的你们，想必是从一次成功走向另一次成功，先上了大学，获得学位，然后又成为研究生，获得更高的学位。今天，你们都应该自豪，都应该庆祝。可是，我必须提醒你们，从今以后，推动成功的因素会有所改变，仅仅有聪明和刻苦不再可以保证你的人生会时时获得高分。真正让你们迈向卓越的，是你们在学术研究中得到熏陶和培养的精神与品格。也许你们已意识到，也许你们还未及体会，这样的学术精神与品格虽一时不能转化为财富、权力和地位，却实实在在地重塑着你们的灵魂，赋予你们与众不同的特质，成为你们走向社会、成就卓越的精神内核！

学术精神之要义，正如唐文治老校长所言："学问之道宜分三层。其始也，当勇往而精进；其继也，当优游而涵泳；其终也，当贞固而不懈。"在此我与大家分享三位交大人的故事。

第一位是今天在座的毕业生。他潜心于模拟网络编码方面的研究，梦想有朝一日用自己的创意与智慧实现更高效的无线通信，给人们带来更好的生活体验。为了确保实验数据的延续与精确，避免人为因素的干扰，他经常独自一人在实验室里工作到深夜甚至到第二天黎明。为了获取电子工业界最前沿的资讯，阅读国际期刊，浏览专业网站，成了他每天生活的一部分。也许完成一个课题并不需要那么多个黎明，也许写出一篇论文并不需要时刻追随科学前沿。但是，为了心中的选择，他

（唐文治雕塑，来自"视觉交大"）

纯粹而坚定地走在自己的路上，明天即将赴世界一流大学深造，继续追求自己的梦想。他就是来自交大密西根学院的毛文广同学！从他身上，我们看到了一位普通交大研究生的成长过程。毛文广是平凡的，在座肯定有不少同学取得了比他更为傲人的成绩；但他又是不平凡的，他用自己的经历阐释着，卓越之路不仅要心存梦想，更需要有学术精神之纯粹朴实，勇往而精进。

今天在你们中间，还有一位你们的学长，他1984年就读于数学系试点班，也就是今天的致远学院的前身，当时在成绩排名需要"精确到小数点后2位"的情况下，他仍然名列前茅。让他至今记忆犹新的是，试点班的高度竞争和巨大压力，曾经让他尝到了"人生的第一次失眠"。毕业后，他赴美国哥伦比亚大学和耶鲁大学就读。他先入华尔街，后创携程网，成为商界的风云人物。他就是红杉资本中国基金创始人及执行合伙人、我校1989届校友沈南鹏先生！说到如何能有今天的成就时，他说："一定要做自己热爱的事业，不为了利益去做事，要有做成事业的激情；不管做哪行，都要建立自己独特的专业特长。"他的经历告诉我们，卓越之路不仅意味着要有出众的学习能力，更需要有学术精神之从容求索，优游而涵泳。

在2013年度"感动中国"颁奖礼上，有一位默默无闻却功勋显赫的长者。他就是我校1949届造船系校友、"中国核潜艇之父"——黄旭华学长！说起从交大毕业后如何能快速适应工作，如何坚守看似曲高和寡的尖端科研，黄旭华学长总会提及在交大的求学岁月，他说："有几位授课老师令我印象深刻，他们一丝不苟的全英文精彩板书、鞭辟入里的讲解，对科学的热爱和投入，对名利的淡然，深深地影响了我。"就是在这样的学术熏陶和训练下，他带领团队在渺无人烟的荒岛上，在没有外援、没有资料、没有计算机的情况下，仅用算盘和计算尺，研制出我国第一艘核潜艇。他隐姓埋名了30多年才见到母亲一面。正如颁奖词写道："时代到处是惊涛骇浪，你埋下头，甘心做沉默的砥柱；你的人生，正如深海中的潜艇，无声，但有无穷的力量！"这告诉我们，卓越之路不仅需要责任与担当，更需要学术精神之精研专攻，贞固而不懈！

同学们，学术精神，对个人来说，是成就梦想的力量之源；对大学而言，是卓尔不群的立命之本。大学作为独特的社会组织，在人类文明发展史上历时千年而始终保持着持久的辉煌，其根本原因在于大学始终坚持的学术独立、学术标准和文化创新，在于大学不断地创造知识，更新技术，引领新思潮。因此，大学才能成为整个社会道德、思想和精神的制高点，成为整个社会良心、公平、正义的最后底线。历史告诉我们，一个国家、一个民族能够达到的文明境界，实际上取决于大学对学术精神的坚守和对卓越的追求。交通大学，诞生于晚清，成长于民国，壮大于近30年来中华民族复兴的浪潮中。在118年的历史嬗变中，无数的学术大师从交大走向世界，我非常希望看到更多的大师从你们当中诞生。

就在昨天，我走在校园里，看到白玉兰伴着学位服四处盛开，情不自禁上前与你们合影留念。学校的每个角落都留下了你们最灿烂的笑容，这是交大最美丽的季节，你们也把人生最美丽的年华留在了这里，临别之际，如果有一样东西我最希望

（老图书馆，邬根宝摄）

你们一定要从这里带走，那必然是大学所赋予你们的学术精神和追求卓越的意识。从今天开始，无论你们在哪里，你们站立的地方就是你的交大。作为共和国大厦的年轻脊梁，你们有精神，民族才有信念；你们有追求，国家才有希望。无论你们将来从事什么工作，都要记住学无止境，精益求精；永不满足，永不放弃，永远向前！

尽情地去探索吧，在你们面前的是整个宇宙！

谢谢大家！

延伸阅读：沈南鹏

校友代表沈南鹏在上海交大
2013级新生开学典礼上的讲话

尊敬的马德秀书记，尊敬的张杰校长，各位老师、同学们：

今天非常荣幸参加交大2013学年的开学典礼。28年前的这个时候，我作为新生参加了当时的开学典礼，那时参加的学生不超过1 000人，是在华山路的一个比这小得多的食堂里举办的，而今天，现场已经有了7 000多人。

这说明28年来的确发生了很多变化。当时，中国的经济总量在全世界的排位没有进入前五十名，而今天中国已经发展为全球第二大经济强国。虽然时过境迁，但是我深知，作为中国顶级的高等学府，交大的办学宗旨一直没有改变，这个宗旨是什么呢？28年前老师告诉我们，交大要给社会培养一批精英，我想今天也是一样的。

什么是社会精英？相信每个人的诠释都不太一样。我理解的社会精英大概有这样几个共同特点：

首先，精英意味着professional（专业）。以前大家在讲到很多职业的时候，包括医生、律师，习惯把他们叫作professional的从业者。大家来交大学习，肯定是希望学习到很多专业知识，这个是professional当中很重要的一部分。但是professional最重要的精神是实事求是——一种尊重事实、尊重数据的态度，不忽悠，在自己的专业上认认真真、勇于承担。

第二个词是intelligent。intelligent这个词来源于Intellectual，就是知识分子的意思。在不同国家，人们对知识分子的理解几乎是相近的：有丰富的知识，而且有很强的学习能力。这其中很重要的一点，就是要让这种学习能力持续伴随一生。从今天开始，大家即将面临4年的学习旅程，时间看似很长，但是相比未来人生中的40年、50年，甚至70年、80年，这个学习过程其实是相当短暂的。

因此，持续学习的愿望至关重要。大家可能会问：我们都是很优秀的学生，为什么学习愿望会有问题呢？大家可能忘记了，从小学、初中、高中，以至于未来4年的大学，我们一直生活在一个考试的环境中。然而当你进入社会舞台以后，你就不再有真正的书面考试了。那么在这个时候，有没有强烈的意愿去持续地学习，这个决定了你人生最后的跨度有多大。要知道，未来你做的事情、从事的行业，很多跟你10年、20年前学习的东西并不完全一致，但是只有这样一种持续学习的愿望才能驱动人不断进步，不断获得新知。

在这个过程中，有一个特质非常重要，那就是好奇心（curiosity）。古今中外，不管是科学家、艺术家还是实业家，他们事业成功的一个重要出发点就是通过不断满足自己的好奇心，去解决社会所面临的一些问题，寻找解决方案。这种好奇心驱动了他们在人生中不断去探寻下一个问题的谜底，成功的"作品""成果"和"企业"就诞生在这样的持续探索学习中。

第三点，这应该是代表精英的一个最重要的标志——impact，给社会带来正面影响，产生"正能量"。大家可能会说，政治家能产生对社会的impact，这是显而易见的；科学家，像我们交大的学长钱学森老师，他对中国的"两弹一星"事业做出过卓越贡献，对中国的国防事业产生了全世界瞩目的impact。

然而"小人物"或者普通人，也可以通过让别人的生活变得更美好，而成为社会精英。今年暑假，我碰到两位从哈佛大学和耶鲁大学毕业的本科生，他们都是中国留学生，但毕业后没有选择去华尔街的投行，也没有去全世界最好的咨询公司，而是回到了中国最贫穷和最边远的地区做了村官。其中有一位正在给当地农村筹备一个校车项目。他在全国各地筹措资金，为当地和周围的一些贫穷地区募集校车。如果这件事做成了，就可以为这些边远地区的学生提供上学通勤的基本保证，减少了他们接受教育的困难。这样的一番事业其实给身边的人带来了巨大的影响、巨大的impact。

今天，大家即将开始未来4年在交大的学习。我相信，在中国经济不断崛起、文化持续强盛的大环境下，越来越需要这个国家的精英在其中扮演重要角色。相信在座的各位，在交大这样的优秀土壤上面，能够努力地学习成长，成为中国社会的精英，实现更大的个人价值，精彩地活出自己的人生！

谢谢大家！

坚持真理　追求科学
——2013届研究生毕业典礼演讲

2013届研究生毕业典礼演讲
2013/3/23

亲爱的同学们：

大家好！

今天是值得你们铭记一生的日子，因为你们即将完成一段神圣的旅程。这段旅程可能并不好走，也许有些同学经过屡次的打击、挫折，甚至近乎放弃，又在不断地自我激励中选择了努力与付出，才有了今天的成长与未来。为此我代表所有的导师提议，让我们所有的人将热烈的掌声，送给你们的努力与付出，送给你们的成长与未来！

今天这样的盛会使我想起了九十五年前的另一次盛会。1918年4月的柏林，在庆祝普朗克六十岁寿辰的讲台上，爱因

（周思未摄）

斯坦发表了一段著名演讲——《探索的动机》。爱因斯坦将追求科学的人分为三类：一类人将追求科学作为人生新起点的职业"敲门砖"，仅仅为功利目的而投身科学；第二类人把追求科学作为一种"兴趣"，纯粹是为了智力的满足；另一类人则把追求科学作为人生追求的"梦想"，他们献身于科学，源自内心的信念，源自执着，源自激情，源自热爱。今天在你们走出校园，去接受更大的考验的时候，我希望你们是有正确探索动机的人，会凭借在交大时光里铸就的对科学的激情，对真理的热爱，对科学精神的坚持成为国家和社会的栋梁。

大文豪萧伯纳曾说："有的人看到已经发生的事情，问'为什么会这样'；我却梦想一些从未发生的事情，然后追问'为什么不能这样'。"这也许是对追求科学的最好解读。因为追求科学，我们用纸张书写历史，用指南针指引航向，描绘出整个民族长达数千年的文明蓝图；因为追求科学，"求实学、务实业"的交通大学应运而生，开启了中国高等教育的新篇；因为追求科学，钱学森、吴文俊、徐光宪等一代代交大人，经过几十年的执着努力，为国家为民族做出了不凡的贡献。我希望，科学精神的接力棒，从古至今，由远及近，能够经过你们这些青年学子一代一代地传承下去。

我们的社会正处于转型时期，这是一个黄金发展期，也是一个矛盾易发期。你们将要面对的是一个错综复杂的，机遇混合着风险的社会，有时候甚至陷阱遍布，诱惑难挡，不再像你们眷恋的校园般单纯、清澈。可是，不要因为暂时的乌云，就忘记太阳永恒的光芒。你们大多是快乐、积极而阳光的80后、90后，你们应该而且有能力主动了解这个社会，从而改变这个有缺陷的社会。梁任公说过："今日之责任，不在他人，而全在我少年。少年智则国智，少年富则国富，少年强则国强。"

你们最重要的使命就是坚持真理，追求科学。

第一，坚持真理。

当你们怀揣着改造的热忱与奋斗的勇气一头扎入社会，与现实刀光剑影、拼搏厮杀的时候，你们也许会发现理想与现实的鸿沟之深，会失意于个体的渺小，甚至渐渐忘记了你们最初出发的目的，这是我，作为你们的老师，最不愿意看到的。

所以我要告诉你们，唯有坚持真理，暗夜里才有明灯。对真理的追求，会引领你找到真正热爱、为之献身的事业。想要不被诱惑俘虏，唯一能够支撑你坚持下去的方法，就是从事你真正热爱的工作。我知道在择业之初，很少有人在一开始就知道自己真正热爱的是什么。对真理的追求会赋予你自信，会让你在许多看似主流的价值取向面前保持冷静。这种自信和冷静，让你在众多眼花缭乱的选择面前，拥有远见和理智的决断力。而远见和理智的决断力正是领袖素质的核心。

坚持真理也是你们的责任。交大人的社会责任是引领时代的正义，勇当良知的代表；所谓正义，良知，皆以真理为准绳。更重要的是，坚持真理才能拥有独立的精神和人格。人的独立性、自主性、创造性要求人们不依赖于任何外在的精神权威和力量，所以，人云亦云很容易，拥有独立的判断力很难。对真理的坚持是形成独立判断能力的唯一途径。

第二，追求科学。

因为追求科学，人类的文明有了大踏步的发展。中国自明清以来的积弱，也是因为科学的落后。交大是一所传统的理工

（饮水思源纪念碑，邬根宝摄）

科强校，科学思想遍布每个角落，也深深地植入每个交大人的灵魂。在你们离开交大之际，我希望你们永远坚持科学精神，播撒科学的种子。当然，我这里说的科学，也包括人文社会科学。在你们未来的职业生涯中，科学精神和人文情怀是相辅相成的。钱学森学长曾经说过："我们不能人云亦云，这不是科学精神。"科学精神的灵魂是创新，是实事求是。这种精神也是交大文化的一部分。一百多年前民族危亡之际，因痛感国人教育中科学技术之落后贫乏，始有交大之诞生。追求科学、发展科学是交大的立校之本，也是每一个交大人的使命。一百多年后的今天，虽然有了长足的进步，中国的科学和技术依然落后于世界主要工业发达国家，缺乏自主创新已经成为制约中国经济进一步发展，阻碍经济转型的主要障碍。你们是中国未来三十年科学发展的主力军，国家对科学发展的投入每年都在大幅增加，我相信你们能把握这一历史性的机遇，远离浮躁，守护科学的神圣和纯洁，扎扎实实做好学问。我期待着看到世界级的科学大师从你们之中诞生。

同学们，明天走出这座校门的你们将成为交大的校友，奔赴五湖四海，世界各地。无论你们将来身在何处，我都衷心地希望你们能够始终把"饮水思源，爱国荣校"的校训铭记于心，挺起"交大人"的傲骨，传播"交大人"的文化，完成"交大人"的使命。我坚信，你们必将不负"交大人"的称号！最后，祝愿在座的各位鹏程万里，再创辉煌！

谢谢大家！

番外篇

世界上有许多一流大学，

每个大学都有各自独特的表现形式。

但是，这些一流大学都有一个共同点，那就是：

所有的一流大学都是充满了爱的大学！

让交大充满爱

——水源 BBS 十一周年站庆现场即兴演讲

2007/4/22

各位同学，各位站友：

晚上好！

我去年11月27号来到了交大。来到交大以后，我最喜欢做的一件事情，就是静静地坐在同学们的课堂里面，坐在学生食堂里面，坐在图书馆里面，与大家一起生活、工作。今天和往常一样，我也是坐在那个角落。（注：菁菁堂倒数第三排最左边的位置）

但是，今晚与往常很不一样，今晚我"现身"了。我想告诉大家：今天晚上是我来交大以后最轻松、最高兴的晚上！晚会节目的水平之高，远远超出我的想象！

今天站长和版主们要求我来讲几句话。I must say I enjoy every minute of it!

今天，我想在我们交通大学饮水思源BBS网站庆祝它的十一周年站庆的时候，来跟大家说几句话，这几句话呢，要从"饮水思源"一开始说起……

1894年，中日甲午海战，清军战败。那一刻是我们的国耻日。1895年，盛宣怀先生上书清廷。他在奏折中这样写着："自强首在储才，储才必先兴学。"1896年，交通大学成立！从那一刻开始我们交通大学就承担起了兴学强国的历史重任。

100年后，1996年4月18号，我们的交通大学饮水思源BBS网站成立了。从那一刻起，它也像交通大学一样，承担起了历史的重任。斗转星移，转眼间11个年头的时间过去了。尽管我来到交通大学只有将近5个月的时间，但是大家也注意到，从11月28日开始，我每天都在BBS上关注你们。我想直接感受到你们的喜怒哀乐，想直接聆听到你们的声音。

上个星期五，BBS网站的一个朋友问我：你对饮水思源BBS网站的期待是什么？我查了BBS最开始成立时立的章程，我知道，我们BBS网站有这么几个功能：第一个功能，它是信息交流的平台，它为我们提供了学生活动的信息；同时，它也提供了学校院系发通知，探索学术，交流感情这样一个平台。

但是我更珍视的是这个平台直接反映了同学们的心声，更珍视这个平台所建立起来的，我与你们心灵沟通的桥梁——我特别喜欢这个平台。我经常上的版面是"交大发展论坛"。在饮水思源BBS站灌水过程中，我也获得了很多。我感动的有这样几个时刻：1月8号，我发了第一个帖子，像大家刚才看到的一样，它的回帖率马上到了当日最高；1月22号，我又发了第二个帖，同样受到了同学们的广泛关注。——但是，这不是我最感动的。我最感动的是4月5号，我在零点12分就同学提到的F300教室的桌椅板凳问题回了一封帖子。15秒钟以后，一个网友回帖，说：这是校长的ID。接下来的15分钟内，我一共收到了17个回帖以及E-mails。这17个回帖和E-mails都在关切地说：时间晚了，校长您该休息了。他们说：为了学校的发展，您应该多注意身体。在那一刻，我感到我的心灵在颤抖。从那一刻起，我就把饮水思源BBS网站看作是我和学生心灵沟通的桥梁。

说到我对饮水思源BBS的期望，我要说：我非常希望我们的BBS网站能够为交大的文化建设、交大的发展发挥更大的作用；非常希望，BBS网站能使广大的同学对交大的未来和交大的现在更加关心；非常希望，BBS网站可以让我们的同学更加有激情；非常希望，BBS网站可以让我们的交大更加欢乐！

　　世界上有许多一流大学，每个大学都有各自独特的表现形式。但是，这些一流大学都有一个共同点，那就是：所有的一流大学都是充满了爱的大学！让我们大家一起努力，让交大充满爱！

　　I love everyone of you!

　　Thank you!

感恩　责任　激情　梦想

——水源 BBS 十二周年站庆现场即兴演讲

2008/4/19

大家好。这是我上一次的开场白，是吧？4月9号，当我踏上了公务访美的旅途时，我感到了一丝的遗憾，因为我以为我错过了饮水思源BBS十二周年的站庆。三天前，当我听到BBS的站庆其实是今天的时候，我非常高兴。于是我日夜兼程回来了。我来了！

在我回来的飞机上，我想起了很多关于BBS的故事，那些故事让我非常感动。今年的某一天，那天是连我自己都忘记了的生日。晚上，当我打开计算机，看到那天的"十大"，同学们在网上祝我生日快乐，我的眼睛湿润了。我真是不知道你们从什么地方知道我的生日的。2007年11月28号，这同样也是个非常普通的日子。半夜，当我从学校回到家里，打开计算机，我看见这么一个"十大"：纪念张校长来交大一周年。许多的同学跟帖去讲在他们眼里看到的我在交大的点点滴滴和交大过去一年的变化，那一刻我感到了我肩上的责任重大，同时感到自己非常伟大。谢谢你们！

我知道，在BBS上我有一个你们大家称呼我的"名字"。在2007年毕业典礼上有个同学问我，说："张校长，在学校里我们一直不敢当面称呼你这个名字，现在毕业了，我能不能当面称呼你一声？"现在我要告诉你们，我喜欢这个名字。

谢谢，谢谢你们带给我的感动，谢谢你们带给学校的欢乐，谢谢你们在学校传播的爱。

"饮水思源"是交大人交换经验、获取信息的这样一个平台。在饮水思源BBS上，大家经常谈论交大的未来，谈论在中华民族崛起的过程中交大人应该承担的责任。同时，你们也在谈论交大的每一天，每一个地方。BBS有许多功能，但是有一个功能可能你们不知道。在过去的一年里，你们每天都会告诉我许多东西。有时你们告诉我说思源湖有人养鸭子了校长知道不知道，你们告诉我说，E300阶梯教室的椅子螺丝松了，需要赶快维修。还有的时候你们告诉我，河边的路灯白天还没有关，浪费电。棒垒球场的讨论，徐汇校区食堂问题，等等，这

些都是你们在BBS上讨论的。另外你们还建议加强校门后黑车
管理，这些都是我通过BBS网站在第一时间知道的。学校行政
机关的很多同志经常惊奇我的信息为什么这么灵通，我怎么知
道学校很多角落里面的事情，其实秘密就在这里。今天，我想
告诉你们，大家就是我的眼睛，大家就是我的耳朵，大家是我
所有感官的延伸。

　　在你们的建议下，学校的许多行政部门都在BBS上开设了
自己的窗口，你们提出的问题在第一时间得到了回应，得到了
解决。所以BBS的这个功能就是参与了交大的管理。你们使学
校的运转更加高效，你们使学校更加有亲情，你们使学校充满

爱，你们使得交大更加美好，谢谢你们！

加入交大，成为交大人，已经17个月了。在交大的每一天，我都体验着一种感动，体验到神圣的责任。未来的交大在我心目中的形象日渐清晰。假如现在你们要问我，在我心目中交大是个什么样的形象，那么我告诉大家：交大是一所以感恩和责任为校训的大学，交大是一所拥有悠久历史同时又充满活力的大学，交大是一所几经磨难但百折不挠的大学，交大是一所永远敢为人先并且为中华民族做出了巨大贡献的大学。最后我还想说，交大也是点燃我们大家激情，让我们实现梦想的大学。

我爱交大，我爱你们！

晨跑，为了未来！

——在晨跑启动仪式上的现场即兴演讲

2009/9/25

同学们，老师们：

大家早上好！

迎着初升的太阳，我们共同会聚在光明体育场。伴着如火的晨曦，我们即将开始一段共同的晨跑之旅！

从本周开始，"晨跑，为未来！"的活动海报陆续张贴在海报栏、学校主页、BBS上，我将和师生们一起参加晨跑的消息也传遍了交大校园。有同学振奋，"校长关心我们的生活、学习、成长，现在终于关心我们的体质和体能了！"；亦有同学不解，"校长那么忙，25日会亲自来参加晨跑吗？"。今天，我如约来了！

在晨跑之前，我特别想讲两段话：

第一段话，是你们可能所不知道的：重视身体锻炼，重视体育精神，是咱们交大一以贯之的传统。早在1912年，孙中山先生来学校演讲时，就专门题词"强国强种"，希望交大师生强健体魄；20世纪三十年代，凌鸿勋、王伯群、黎照寰等多位老校长都要求每位学生"要注重知识的获得，身体的锻炼，道德的修养，充分准备一切，务使成为一个完全的人"；今年校庆期间我们评选的首届杰出校友终身成就奖获得者钱学森（98岁）、张光斗（97岁）、吴文俊（90岁）、徐光宪（89岁）四位学长，平均年龄93.5岁，最充分体现了他们良好的健康体质。因此可说，在交大，历来有重视体育的优良传统。交大人不仅把体育作为健身的手段，而且作为"培养健全人格的最好工具"。

第二段话，是你们可能特别想知道的：为什么作为一个校长，要在交大校园推动"晨跑，为未来！"的活动，今天特地来领跑？近半年来，我常常担忧，因为时至今日，在生气勃勃的交大校园中，许多师生在不知不觉中远离了体育。一些优秀教师身患疾病让我痛惜；新生入学后体检报告显示的状况不容乐观让我牵挂；同学整体层面上坐在电脑前的时间越来越多，在操场上迈开双腿的时间越来越少，这一趋势让我揪心。毫无

疑问，体育锻炼中，跑步无疑是成本低、易普及、利环保的一项运动。今天，在这里举行"晨跑，为未来！"启动仪式，就是希望能以9月25日为一个转折点，号召全体交大人行动起来，闲暇之余走出教室和实验室，走向操场和体育场，走进大自然，在阳光下跑起来、动起来。

让我们共同分享古希腊人的一段格言："如果你想聪明，跑步吧！如果你想强壮，跑步吧！如果你想健康，跑步吧！"让我们共同在交大校园唱响："晨跑，为了未来！"

谢谢大家！

继续攀登　并肩携手

——在东方绿洲"交大—复旦巅峰对决"
开营式上的现场即兴演讲

"巅峰对决"开营式上的即兴演讲

2012/5/19

亲爱的交大与复旦的同学们：

晚上好！在入营式开始前十分钟，我和杨玉良校长通了个电话，他因为有急事，很遗憾不能到现场来为同学们加油助威，特意委托我，一道表达对同学们的祝福。

源于牛津与剑桥大学的名校对决比赛始于1856年，每年复活节期间，在泰晤士河畔都会聚集25万以上的观众，以呐喊和欢呼热情参与两校的巅峰对决。从这样的巅峰对决中观众看到的，不仅仅是两校学子强弱高低的对决，更多的是这群充满智慧和激情的年轻人所展现出的青春和梦想。

将要举行的交大与复旦的"巅峰对决"，正是这样一个梦想的舞台和青春的盛会。它将让世界见识到交大与复旦的名校气质，它也将让世界见识到这个国家未来希望之所在的朝气和力量。它既是一场智力、体力和魅力的比拼，更是一场风采、风范和风骨的张扬。

为了这次张扬，你们都做了精心的准备：无论是相辉堂前，还是思源湖畔；无论是清晨江湾的操场，还是深夜闵行的跑道。我看到你们挥汗如雨、摩拳擦掌；我更看到青春在拼搏与坚韧中喷辉放彩，在勇气和智慧里吐绿绽放。而最终，我看到的是在这十几天里，你们的成长。

因为成长，我对你们致以由衷的祝贺。

作为师长，没有什么比看到这样一种成长更让人欣慰与感动，这是交大与复旦之幸运，更是国家与民族腾飞崛起之希望。

可以想见你们明天的风采：马拉松赛上的坚毅执着、自行车赛中的奋勇争先、龙舟赛上的并肩携手、辩论赛上的慷慨激昂以及射击赛上的气定神闲和文艺演出中的才情横溢。这或许是你们校园生活中最耀眼的一次青春挥洒，而这一切必将沉淀为交大与复旦共同的青春宝藏。

因为青春，我对你们表示深深的祝福。

人生中能有机会经历这场盛会是一种幸运。5月15日，我

　　曾为交大的同学们加油鼓劲。而今天，我想对复旦的同学们说：在这个青春的舞台上点燃激情、放飞梦想，让这场文体竞技的巅峰对决，成为大学精神的弘扬。

　　巅峰不是一次驻足，而是一种继续攀登；对决不是一种对抗，而是一次并肩携手。当所有明亮的眼睛注视同一方向，当呐喊助威声响彻天边云霄，我相信全世界都会感叹中国大学澎湃的青春力量。

　　亲爱的交大与复旦的同学们，交大校歌勉励中国的青年才俊当为人类之光、世界之光。今天，智慧之火、光明之火在此汇聚。明天，你们必将并肩屹立于巅峰之上，携手共创世界之光！

读者留言：

——认真读好这篇文章，言之有物，言之有理。经过岁月，会发现、认可这篇文章阐述的人生道理，愿更多的学子可以提前看到，感受到。选择交大并愿被交大选择录取！愿我们的人生开启优秀模式！

——风云两甲子，横跨三世纪。作为2016级新生的家长，也聆听了张杰校长的《致新生辞》，为孩子能在交大求学而热血沸腾。"饮水思源"是小我的感恩朴素必备素养，"爱国荣校"是大我的志向高远人格境界。交大牛。

——张杰校长的讲话不仅对交大新生是莫大的鼓励和希冀，还时时激励着所有的交大人，甚至对于我们学生家长乃至所有心怀梦想的人都催人奋进着！

——大学是人生的新起点！是人生走向精神独立与自由的一个转折点！

《大学，重新定义你的人生》

——快乐、坚强、有成，其实都是再朴素不过的人生追求。它们之所以珍贵，就在于被梦想联系在了一起。我们珍惜梦想、追求梦想，是因为它关乎人的价值，关乎国家前途和人类的命运。

——珍惜梦想、追求梦想，是因为它关乎人的价值。任何时候不忘初心，方得始终。让我们快乐、坚强地去实现梦想吧！

——时光能把我们从交大带走，但带不走的是我们在这里的专属记忆。

《梦想，让人生绽放光芒》

—— 一流的大学就是这个星球上的夜明珠，指引人类前行的路。祝愿交大早日成为最闪耀的那一颗！

—— 一所大学把创新融入教学科研的每一处是难能可贵的，交大在这方面做得很好，也会更好！

《创新引领未来》